Topaz, die Handori

Spannende Unterhaltung bei den Abenteuern von Topaz und ihren Freunden.

Uwe P.

Überarbeitete Neuauflage 2018
ISBN: 9781980589693

© Ute Raasch 2018
Dieses Werk in allen seinen Teilen ist urheberrechtlich geschützt.
Coverbild: Dirk Richter
Umschlaggestaltung: Helmut Dunkel

Ute Raasch

**Topaz,
die Handori**

Science-Fiction-Roman

Prolog

Im Jahr 3173 der alten Zeitrechnung herrschten auf Handor bürgerkriegsähnliche Zustände. Es gab einflussreiche Clans sowie Gruppierungen unter den Bauern, der ärmeren Stadtbevölkerung und einzelnen Berufsgruppen, die sich alle gegenseitig bekämpften. Besonders nachts wagte sich niemand mehr auf die Straße, obwohl es bald auch am Tage immer häufiger dazu kam, dass zwei verfeindete Parteien aufeinander trafen. Die wenigen gemäßigten Stimmen, die zur Vernunft aufriefen, wurden nicht mehr gehört. Der Planet versank in Gewalt und Tod. Wer es geschafft hatte, den zahlreichen Kämpfen zu entgehen oder diese zu überleben, wurde nicht selten vom Hunger oder von Krankheiten dahingerafft.

Seit Ausbruch der ersten Unruhen wurde Handor immer seltener von anderen Völkern angeflogen. Es sprach sich in der Galaxis herum, dass man dort nichts gewinnen, aber unter Umständen durchaus sein Leben verlieren konnte. Und schließlich war Handor ein isolierter, vergessener Planet.

Eines Tages allerdings fand dann doch ein Fremder den Weg dorthin. Er nannte sich Halen und nach seiner Herkunft gefragt sagte er nur, er sei ein Mensch von der Erde und sein Heimatplanet liege sehr weit weg. Unerschrocken machte er sich daran, jede einzelne der verfeindeten Parteien aufzusuchen und ihm gelang das schier Unmögliche: Er brachte sie tatsächlich alle an einen Tisch und nach langwierigen, zähen Verhandlungen hatte man einen – wenn auch am Anfang recht wackligen und brüchigen – Frieden erreicht.

Erst als sie an den Wiederaufbau ihres zerstörten Planeten gingen, begriffen die Handori, dass sie kurz davor gestanden hatten, sich selber auszurotten. Und so begann ein neues Zeitalter.

****

Handor im Jahr 340 der neuen Zeitrechnung

Die junge Frau saß immer noch starr vor Schreck zwischen den Bäumen. Was sie da eben ungewollt mit angehört hatte, machte sie fassungslos. Angst schnürte ihr die Kehle zu und machte sie handlungsunfähig. Aber ganz langsam erwachte sie aus der Starre. Sie musste hier weg, und zwar schnell! Topaz sah sich um. Nein, es war niemand mehr da. Rasch stand sie auf und ging nach Hause. Unterwegs zwang sie sich unter Aufbietung aller ihrer Kräfte, rational zu denken. Ihr Inneres war in Aufruhr und immer wieder stiegen Angst und Panik in ihr auf. Aber sie durfte nicht panisch werden. Wichtig war nur, dass sie noch heute Nacht von Handor verschwand. Während sie ihrer Unterkunft zustrebte, dachte sie nach und plötzlich kam ihr der zündende Gedanke: Ioto! Ja, Ioto war gut. Topaz nickte gedankenverloren. Es gab alle zwei Stunden einen Flug zu diesem Mond, da viele Handori in den dortigen Minen arbeiteten, aber hier auf Handor lebten.

Zu Hause angekommen, eilte sie zunächst zu ihrer Computerkonsole und stellte fest, dass der nächste Flug in etwa einer Stunde ging. Da nur noch wenige Plätze frei waren, buchte sie direkt einen für sich. Das war nicht weiter verdächtig, es gab schließlich auch einen botanischen Garten auf Ioto, in dem sie schon des Öfteren gearbeitet hatte. Selbst wenn Loran, was sie doch sehr bezweifelte, heute Nacht auf die Idee kommen sollte, die Passagierlisten durchzusehen, würde es ihm nicht weiter auffallen. Rasch warf sie einige Kleidungsstücke in eine kleine Reisetasche. Auch ihre Bargeldreserve und die Scheckkarte steckte sie ein. Sich in ihrem Zimmer umsehend, ob sie auch alles eingepackt hatte, durchzuckte sie ein Gedanke. Wenn sie einfach verschwand, würde Loran vermutlich sofort anfangen, nach ihr zu suchen. Sie setzte sich noch einmal an die Computerkonsole und verfasste eine kurze Nachricht an ihn, in der sie ihm mitteilte, dass sie nach Ioto hätte fliegen müssen, aber in ein paar Tagen zurück sei. Dann nahm sie ihre Tasche und machte sich auf den Weg zum Raumhafen. Hier lief alles glatt. Am Terminal holte sie ihr bestelltes Ticket ab und stellte sich in die bereits wartende Schlange zum Einstieg in das Flugshuttle. Es ging zügig voran und bereits nach kurzer Zeit konnte sie auf ihrem Sitz Platz nehmen.

Der Flug dauerte nur eine halbe Stunde. Nach der Landung eilte Topaz zunächst zur Bankfiliale, um ihr Konto aufzulösen. Der Schalterbeamte sah sie zwar etwas befremdlich an, zahlte ihr aber anstandslos ihre Ersparnisse aus. Hastig stopfte Topaz das Geld in ihre Reisetasche und suchte dann die Toilette auf, um es dort in dem kleinen flachen Beutel zu verstauen, den sie unter der Kleidung trug. Nur einen geringen Betrag steckte sie in ihre Gürteltasche, um damit den Weiterflug und sonstige Ausgaben zu bezahlen. Topaz ging zurück in die Schalterhalle. Ein Blick auf die Abflugtafel verriet ihr, dass bereits in zehn Minuten das nächste Schiff nach Wollan ging, das lediglich Zwischenstopps auf Iaka und Togana einlegte. Sie kaufte sich ein Ticket bis zur Endstation und hatte das Glück, noch eine Einzelkabine zu bekommen. Topaz ging an Bord, fragte einen Stewart nach dem Weg zu ihrer Kabine und eilte dorthin. Aufatmend drückte sie die Tür hinter sich ins Schloss. Jetzt fiel die bisher mühsam aufrechterhaltene Selbstbeherrschung von ihr ab. Tränen liefen ihr übers Gesicht und sie ließ sich aufs Bett fallen. Wie hatte sie nur glauben können, dass ein Mann wie Loran sie lieben würde? Wie ein Film lief das Geschehen, dessen Zeuge sie geworden war, wieder vor ihrem geistigen Auge ab.

Auch heute war sie – wie so oft – nach der Arbeit noch in den nahegelegenen Park gegangen. Das Leben auf Handor war nicht immer leicht für sie und so genoss Topaz es, dort hinter dichtem Gebüsch verborgen unter den uralten Bäumen zu liegen, in den Himmel zu schauen und vor sich hinzuträumen. Die Handori blieben nach Anbruch der Dämmerung lieber zu Hause, eine Angewohnheit aus alten Tagen, als Handors Straßen und Plätze noch sehr gefährlich waren. Heute Abend allerdings hörte sie plötzlich undeutliche Stimmen, die immer näher kamen. Sie verhielt sich ganz still, um nicht auf sich aufmerksam zu machen. Die Personen würden sicherlich vorbeigehen und wären gleich verschwunden. Als plötzlich nichts mehr zu hören war, schaute Topaz ganz vorsichtig zwischen den Zweigen hindurch. Allerdings konnte sie nur zwei schemenhafte Gestalten erkennen, die eng umschlungen genau auf den Busch zusteuerten, hinter dem sie sich verbarg. Ganz nah waren die beiden schon, blieben dann allerdings stehen und küssten sich. Als die Gestalten sich voneinander lösten, hatte Topaz endlich Gelegenheit, ihre Gesichter zu sehen. Völlig perplex erkannte sie Loran und Dr. Tulsa!

Tulsa zog Loran wieder an sich und bemerkte: „Ich kann es kaum noch erwarten, bis wir endlich zusammenleben können."

Loran erklärte ihm: „Hab noch ein wenig Geduld. Die Vorbereitungen für die Hochzeit nehmen halt etwas Zeit in Anspruch. In vier Wochen werde ich diese widerwärtige Kreatur ganz im Stillen heiraten und nach der Hochzeit in ihrem Zimmer einsperren. Dort kann sie dann verrotten. Wie kann dieses Subjekt bloß glauben, jemand könne sie lieben? Aber ich werde natürlich ein treusorgender Ehemann sein und einen Arzt zur ständigen Betreuung meiner ach so kranken Frau ins Haus holen." Als er weitersprach, hatte seine Stimme einen zärtlichen Klang. „Und dann können wir endlich zusammenleben, ohne dass es jemand bemerkt, mein Geliebter."

„Du hast ja Recht. Aber es fällt mir halt sehr schwer, noch so lange zu warten", gestand Tulsa. Für einen Moment blickte er Loran schweigend an und erklärte dann: „Aber das mit dem Kind solltest du dir noch mal überlegen. Glaubst du wirklich, dass dir das den erhofften Einfluss bringt?"

„Ja, ich bin überzeugt davon, dass mir dieses Kind sehr nützlich sein wird. Wenn seine Mutter nicht mehr in der Öffentlichkeit auftaucht, sieht bestimmt jeder nur noch einen Nachfahren Halens und Dirias in ihm und

ich werde mich dann in deren Glanz sonnen und die Karriereleiter hochklettern. Allerdings musst du die Befruchtung bei Topaz durchführen. Es kostet mich schon Überwindung, diese Kreatur auch nur zu umarmen. Wenn ich daran denke, ich sollte mit ihr ..." Loran ließ den letzten Teil des Satzes unausgesprochen, aber es war offensichtlich, was er meinte. Zudem schüttelte er sich und verzog angewidert das Gesicht.

„Also gut!", gab Tulsa nach und schlug dann vor: „Aber lassen wir das für heute. Es ist bereits dunkel genug. Wollen wir noch zu mir gehen? Wir werden uns ja jetzt eine Zeit lang nicht mehr sehen."

Topaz konnte das Verlangen nicht nur aus seiner Stimme heraushören, sie nahm es auch körperlich mit ihren telepathischen Fähigkeiten wahr. Die beiden gingen auf den Weg zurück und entfernten sich plaudernd.

Topaz' Gedanken kehrten in die Gegenwart zurück, aber so einfach wurde sie die Bilder der vergangenen Geschehnisse nicht los, immer wieder blitzten diese auf. Energisch schob sie die Erinnerung daran schließlich beiseite und beruhigte sich allmählich. Aber damit begannen die Selbstzweifel. Warum um alles in der Welt hatte sie nichts bemerkt, schließlich verfügte sie über telepathische Fähigkeiten? „Weil du gar nichts hättest bemerken können", beantwortete sie sich ihre Frage selber. Niemand konnte hinter Lorans Fassade blicken, denn genau wie viele andere Handori, die in gehobener Position arbeiteten, hatte auch er ein spezielles Training absolviert, um sich gegen telepathische

Kräfte abschotten zu können. Tulsa war Topaz nur ein einziges Mal zufällig auf der Straße begegnet und Loran hatte ihn als seinen Arzt vorgestellt. Warum sie damals nichts von Tulsas Gefühlen bemerkt hatte, vermochte sie nicht sagen. Vielleicht weil es am Anfang ihrer Beziehung zu Loran und sie viel zu sehr mit ihren eigenen Gefühlen beschäftigt gewesen war. Aber was spielte das jetzt noch für eine Rolle? Wenn sie früher etwas bemerkt hätte, was hätte sie dann getan? Loran zur Rede gestellt? Damit hätte sie vermutlich das ihr von ihm zugedachte Schicksal nur beschleunigt.

Während sie über all das nachgegrübelt hatte, erreichten sie Iaka. Durch die leichte Erschütterung beim Andocken wurde Topaz darauf aufmerksam. Angespannt lag sie auf dem Bett und lauschte auf jedes Geräusch außerhalb ihrer Kabine. Der Aufenthalt hier betrug nur eine Stunde, die ihr aber wie eine Ewigkeit vorkam. Endlich vernahm sie das leise Summen der Motoren, als sie wieder abflogen. Ein leises Grummeln ließ sie zusammenfahren und dann bemerkte sie, dass es ihr eigener Magen war. Sie schalt sich selber eine Närrin und sah auf ihren Chronometer. Es war jetzt weit nach Mitternacht und sie hatte seit dem Frühstück gestern Morgen nichts mehr gegessen. Vermutlich gab es hier an Bord ein Restaurant, aber sie wollte sich nicht so lange in der Öffentlichkeit zeigen. Es waren sicherlich sehr viele Handori an Bord, sodass sie Gefahr lief, von jemandem erkannt zu werden. Ihr Blick fiel auf eine Computerkonsole. Topaz aktivierte diese und stellte fest, dass sie richtig vermutet hatte: Es gab eine Übersicht über die öffentlich zugänglichen Bereiche des Schiffes. Auf dem Promenadendeck waren mehrere kleinere Geschäfte verzeichnet, unter ihnen auch zwei Imbissstände. Dorthin würde sie gehen und sich etwas zu Essen besorgen, das sie in der Kabine zu sich nehmen konnte. Sie überlegte kurz. Beim Einstieg hatte sie mehrere Passagiere gesehen, die ihr Haupt verhüllt hatten. Es würde also vermutlich nicht auffallen, wenn auch sie ein Kopftuch trug. Sie nahm einen großen breiten Schal aus ihrer Reisetasche und drapierte ihn um ihren Kopf. Ein Blick in den Spiegel verriet ihr allerdings, dass sie völlig verheult aussah. Also noch mal das Tuch runter und Gesicht waschen, dann schlang sie sich den Schal wieder um und verließ die Kabine.

****

Planet Erde, Mitte des 23. Jahrhunderts

Captain Ronald Sanderson stand auf der Brücke der Pioneer. Auch wenn er es niemals zugeben würde, so war er doch aufgeregt wie ein Kind am Vorweihnachtsabend. Und wenn er sich umsah, stellte er fest, dass es seinen Brückenoffizieren ebenso erging. Still lächelte er in sich hinein. Lange hatte er auf diesen Augenblick gewartet.

Schon als kleiner Junge träumte Ron davon, eines Tages das Weltall zu erkunden. Abends lag er oft auf der Wiese hinter seinem Elternhaus, sah zu den Sternen hoch und malte sich in seiner Phantasie aus, zwischen ebendiesen zu leben. Seine Eltern nannten ihn oft den Sternengucker. Dabei war er keineswegs ein Traumtänzer. Er kannte die Geschichte seines Heimatplaneten nur zu genau und wusste daher, wie beschwerlich es gewesen war, einen Konsens zwischen den Bewohnern der Erde zu erreichen.

Nachdem die Menschen es am Ende des 21. Jahrhunderts endlich geschafft hatten, ihre Konflikte beizulegen und sich nicht mehr gegenseitig umbrachten, machten sie sich irgendwann auch daran, die bestehenden Weltraumprogramme gemeinsam weiterzuentwickeln. Schließlich war es soweit: Man konnte Schiffe bauen, mit denen Reisen durchs All möglich wurden. Als die

Menschen auf die ersten außerirdischen Rassen trafen, brachen zunächst längst vergessen geglaubte Vorurteile wieder auf und man reagierte ängstlich. Aber bald schon musste die Menschheit feststellen, dass ihre Befürchtungen in den meisten Fällen völlig fehl am Platz waren. Viele Spezies pflegten bereits Beziehungen miteinander und die Erdbewohner wurden ein Teil dieser friedlichen Koexistenz. Die fünf Kontinentalregierungen, die es zu diesem Zeitpunkt noch auf der Erde gab, wichen alsbald einem Weltparlament. Dies hatte natürlich auch den Vorteil, dass die Erde in allen interplanetaren Angelegenheiten von nun an mit einer Stimme sprechen konnte.

All dies führte dazu, dass eine ganze Flotte von Raumschiffen gebaut wurde. Auf den ersten Erdenschiffen bestanden die Besatzungen noch ausschließlich aus Menschen, aber schon bald gab es auf ihnen eine bunte Mischung verschiedenster Spezies.

Ronald Sanderson wollte mit dazu beitragen, das Erreichte zu erhalten und auszubauen. Einige seiner besten Freunde waren Außerirdische, die mit ihren Eltern auf der Erde lebten, und so war es nur folgerichtig, dass er sich nach seinem Schulabschluss an der Space University einschrieb und dort eine Offiziersausbildung absolvierte.

Seine Charakter- und Willensstärke beeindruckten schon sehr bald seine Vorgesetzten. Leute wie Sanderson brauchte man, um die guten Beziehungen zu anderen Völkern der Galaxis auszubauen oder neue Kontakte zu knüpfen. Seine Beförderungen ließen auch nicht lange auf sich warten und bereits mit 35 Jahren erhielt Sanderson sein erstes eigenes Kommando. Sein damaliges Schiff, die Freedom, wurde vor allen Dingen für diplomatische Missionen innerhalb des bereits bekannten Raums eingesetzt. Ganz selten nur stießen sie bei ihren Reisen auf bisher noch unbekannte Lebensformen. Aber Sanderson wollte mehr erleben. Er wollte endlich auf Entdeckungsreise gehen. Natürlich war es auch interessant, diplomatische Missionen auszuführen, aber ihm fehlte doch die Spannung, wenn man in unbekanntes Terrain vordrang und fremde Kulturen entdeckte und kennenlernte. Seine Vorfahren waren einst von den Philippinen nach Kanada ausgewandert und hatten sich in der kanadischen Wildnis durchgeschlagen. Die Wildnis heute lag dort draußen – in den Weiten des Alls.

Sein sehnlichster Wunsch rückte in greifbare Nähe, als er vor zwei Jahren das Kommando über die Pioneer erhielt. Sie war das erste fertiggestellte Schiff einer ganzen Baureihe. Diese Schiffe wurden extra für Exkursionen in weit entfernte, bisher noch niemals bereiste und daher völlig unbekannte Regionen des Alls gebaut. Sie sahen fast aus wie riesengroße, überdimensionale Wale mit ihrer zylinderförmigen, sich nach hinten verjüngenden Außenhülle und der Kuppel, die die Brücke sowie die Arbeitszimmer des Captains und des Ersten Offiziers beherbergte. Bei der Konzeption hatte man darauf geachtet, dass sowohl praktische als auch persönliche Belange der Besatzung Berücksichtigung fanden. Dazu gehörten neben großzügig angelegten Arbeitsräumen und Quartieren auch genügend Freizeit-

und Fitnessmöglichkeiten, denn schließlich würde nicht immer die Möglichkeit zu Landgängen bestehen.

Als Sanderson die Pioneer zum ersten Mal sah, hielt er fast die Luft an, so stolz war er. Das war sein Schiff, niemand anderer hatte sie zuvor kommandiert. Zunächst musste er sich allerdings damit zufrieden geben, eine Testphase zu absolvieren und weiterhin diplomatische Missionen zu erfüllen. Während dieser Zeit wurde das Schiff auf Herz und Nieren geprüft. Zu guter Letzt ließen sie im Raumdock auf der Erdumlaufstation geringfügige Reparaturen durchführen und nahmen alles Notwendige an Bord für ihre bevorstehende Reise.

Und nun war es endlich soweit! Die letzten Andockklammern wurden gelöst und Gasira, sein Erster Offizier, blickte Sanderson fragend an. Er nickte und sagte: „Geben Sie Gas, Commander." Sie grinste, drehte sich zum Piloten um und sagte: „Sie haben es gehört Lieutenant. Bringen Sie uns hier weg. Kurs: anderes Ende der Galaxis!"

****

Topaz ging in Richtung Promenadendeck, auf dem sich die Imbissstände befanden. Vorsichtig sah sie sich um und glaubte, einen der Wartenden vor dem ersten Imbiss zu erkennen. Schnell senkte sie den Kopf und eilte weiter. Dann würde sie sich eben an dem anderen Stand etwas Essbares besorgen. Als sie die unappetitlichen Gerichte dort sah, schüttelte sie allerdings angewidert den Kopf. Nein, das konnte sie nicht essen. Der Verkäufer sah sie nur gelangweilt an, zuckte dann mit den Schultern und blätterte wieder in seinem Magazin. Sie ging weiter, um sich die anderen Geschäfte anzusehen. Die meisten boten Souvenirs, Nippes oder Kleidung an. Bei näherem Hinsehen fand sie allerdings einen Laden, in dem auch belegte Brote, Obst und Getränke feilgeboten wurden. „Mit was sind die Brote belegt?", fragte sie den Verkäufer. „Käse und Schakiwurst", nuschelte er. Es lagen noch rund ein Dutzend davon im Kühlregal. Damit würde sie eine ganze Weile auskommen, wenn sie auch noch etwas Obst mitnahm. Die Handori waren an sich Vegetarier, aber Topaz hatte kein Problem damit, Fleisch und Wurst zu essen. Die wenigen Freunde, die sie hatte, waren alle Außenweltler, die sich überhaupt nicht vorstellen konnten, ohne Fleisch zu leben. Beim Gedanken an ihre Freunde durchzuckten Topaz Trauer und schlechtes Gewissen. Sie würde sie vermutlich nie wieder sehen und hatte sich nicht einmal verabschieden können. Aber das ließ sich im Moment nicht ändern. Vielleicht konnte sie ihnen ja später einmal eine Nachricht zukommen lassen. Außer den Broten und einer Tüte Obst nahm Topaz auch noch eine Packung Kekse und einige Flaschen Wasser aus den Regalen. Sie bezahlte und der Mann an der Kasse packte alles in eine Tüte, die er ihr wortlos in die Hand drückte.

Topaz verließ den Laden und stand dann etwas ratlos vor den vielen Gängen. Verdammt, welcher führte denn nun zu ihrem Quartier? Endlich glaubte sie, den richtigen gefunden zu haben und betrat ihn. Aber schon bald geriet sie in einen Sektor, der sehr edel und vornehm aussah. Dicker Teppich bedeckte den Boden und die Wände waren in sanften Tönen gestrichen und nicht in dem knallharten Weiß, das sie in Erinnerung hatte. Nein, das konnte nicht stimmen. Sie hatte sich verlaufen, denn dies war eindeutig die 1. Klasse. Es blieb ihr nichts anderes übrig, als nach dem Weg zu fragen. Jemand kam ihr entgegen und als er nahe genug heran war, erkannte sie den Mann aus der Warteschlange. Hastig drehte sie sich um und rannte in den nächsten Gang. Topaz wusste nicht, durch wie viele Gänge sie gehetzt war, aber schließlich stand sie erstaunlicherweise tatsächlich vor ihrem Quartier. Nach Atem ringend öffnete sie die Tür, trat ein und sah sich dem gehässig grinsenden Loran gegenüber, der sagte: „Hast du wirklich geglaubt, du könntest mir entkommen?"

Schweißgebadet und mit klopfendem Herzen fuhr Topaz hoch und sah sich verwirrt im Raum um. Es dauerte etwas, bevor sie begriff, wo sie war. Dann aber setzte die Erinnerung ein. Auch an ihren Traum. Es war tatsächlich nur ein Traum gewesen. In Wirklichkeit war gestern Abend alles gut gegangen. Sie hatte nach ihrem Einkauf direkt ihr Quartier wiedergefunden und sich nach dem Essen hingelegt, weil sie völlig erschöpft war. Nun aber schlug sie die Hände vors Gesicht und Verzweiflung drohte sie erneut zu überkommen. Das konnte so nicht weitergehen! Nach kurzer Überlegung kam sie zu dem Schluss, es mit meditativen Übungen zu versuchen. Allerdings wollten ihr diese nicht so recht gelingen. Immer wieder schoben sich die Bilder der letzten Geschehnisse vor ihr geistiges Auge. Aber Topaz machte unbeirrt weiter und nach einer halben Stunde Meditation fühlte sich die Handori etwas besser und ausgeglichener. Zumindest gut genug, um sich den praktischen Dingen zuzuwenden, die auf sie noch zukommen würden. Was sollte sie eigentlich an den vielen Tagen machen, die sie vorerst in ihrem Quartier verbringen musste? Auf gar keinen Fall durfte sie sich wieder ihrer Verzweiflung hingeben! Aber das war leichter gesagt als getan. Trotzdem schaffte sie es in den nächsten Tagen, nicht ständig an das Geschehene zu denken. Im Bordcomputer hatte Topaz eine kleine Bibliothek entdeckt und so vertrieb sie sich die Zeit mit Lesen.

Die Tage vergingen und in einigen Stunden würden sie Togana erreichen. Nach einem zweistündigen Aufenthalt auf diesem Planeten sollte es dann weitergehen nach Wollan. Topaz hatte gerade ihre tägliche Meditation beendet, als es plötzlich im Bordlautsprecher knackte und eine krächzende Stimme mitteilte: „Achtung bitte! Wir haben soeben die Nachricht erhalten, dass es auf Wollan zu einem schweren Unfall in einer der Industrieanlagen nahe dem Raumhafen gekommen ist. Nach den uns vorliegenden Informationen sind auch einige Andockbuchten in Mitleidenschaft gezogen. Die verbliebenen werden für Rettungsschiffe freigehalten. Wir können also Wollan auf unbestimmte Zeit nicht anfliegen. Sie haben in Togana die Möglichkeit, auf andere Schiffe umzusteigen. Bitte kontaktieren Sie das Personal an den Flughallenschaltern. Dort wird man Ihnen weiterhelfen. Diejenigen unter Ihnen, die nach Wollan möchten, haben die Möglichkeit, vorerst an Bord zu bleiben. Wir versuchen, so schnell wie möglich neue Informationen zu erhalten. Danke für Ihre Aufmerksamkeit."

„Verdammter Mist", fluchte Topaz leise vor sich hin. Aber es half nichts. Entweder sie stieg bereits in Togana um oder sie musste an Bord bleiben und auf das Beste hoffen. Nein, Letzteres war Unsinn. Wer wusste schon, wie lange sie hier festhingen. So packte sie die noch verbliebenen Esswaren in ihre Reisetasche und hielt sich bereit. Als das Schiff angedockt hatte, verließ sie ihr Quartier und ging in Richtung Ausgang. Niemand hielt sie auf, niemand erkannte sie. Schnell ging Topaz von Bord und tauchte in der Menge unter. Die große Abflughalle platzte fast aus allen Nähten, denn natürlich gab es auch noch andere Schiffe, die eigentlich Wollan hatten anfliegen wollen. Auch deren Passagiere waren jetzt hier gestrandet und versuchten, irgendwie weiterzukommen. Das Flughafenpersonal war hoffnungslos überfordert mit diesem Ansturm von Leuten. Topaz schlängelte sich durch die Massen und erreichte aufatmend den Rand. Was für ein Gedränge, das war ja nicht zum Aushalten! Sie stand jetzt genau vor einer kleinen Nische, die aus unerfindlichen Gründen in die Wand eingelassen war, schob sich hinein und wartete erst mal ab. Es war im Moment sowieso nicht möglich, auch nur in die Nähe eines Schalters zu gelangen und Topaz hatte einfach Angst, in dieser Menge plötzlich vor jemandem zu stehen, der sie kannte. Stunde um Stunde verging und schließlich hatten es die Flughafenangestellten mithilfe des Sicherheitspersonals doch geschafft, alles in geordnete Bahnen zu lenken. Nach und nach leerte sich die Halle. Als eine der Letzten ging Topaz zu einem Schalter, um ein Ticket zu erwerben.

„Sie können noch nach Handor oder nach Killapek fliegen. Für alle anderen Flüge müssen Sie bis morgen warten", nuschelte der Schalterbeamte.

„Nach Killapek bitte", nannte Topaz ihr Reiseziel und setzte in Gedanken hinzu: »Wohin auch sonst, bei der Auswahl!«

Müde sah der Mann sie an, reichte ihr das Ticket und erklärte: „Sie müssen sich aber beeilen, die fliegen in ein paar Minuten ab. Ich gebe Bescheid, dass noch jemand kommt. Hier links den Gang runter und dann die erste Gangway auf der rechten Seite."

„Danke sehr", sagte sie hastig, legte das Geld fürs Ticket auf den Tresen und rannte los. Schwer atmend erreichte sie das Schiff. Hinter ihr schloss der Stewart umgehend das Schott und noch während er mit dem

Verriegeln beschäftigt war, ging sie zur gegenüberliegenden Wand. Dort befand sich eine Übersichtstafel mit Wegbeschreibungen, an der sie sich orientieren konnte. Ohne Probleme fand sie ihre Kabine und als sie dort ankam, wurde ihr bewusst, dass niemand sie nach Ausweispapieren gefragt hatte. Das wäre ja zu schön, damit würde sich bereits hier ihre Spur verwischen. „Aber nicht so schnell jubeln! Vielleicht fällt ja doch noch jemandem auf, dass ich an Bord bin, ohne auf einer Passagierliste zu stehen", ermahnte sie sich in Gedanken.

Loran erwachte indes mitten in der Nacht und blickte auf den schlafenden Mann an seiner Seite. Sie hatten sich zuvor ausgiebig geliebt und dann über ihre gemeinsame Zukunft unterhalten. Nun weckte er Tulsa und sagte: „Ich muss jetzt leider gehen, melde mich aber bei dir." Loran küsste ihn, sprang dann aus dem Bett, um sich anzukleiden, und verließ Tulsas Wohnung. Zuhause angekommen, sah er noch kurz die eingetroffenen Meldungen durch, bevor er sich zu Bett begab. Als er Topaz' Nachricht las, jubelte er innerlich. Das war ja prächtig! So konnte er doch noch einige Tage mit Tulsa verbringen, ohne sich um die verhasste Frau kümmern zu müssen. Beim Gedanken an sie verzog sich sein Gesicht vor Abscheu zu einer hässlichen Fratze.

Loran genoss die heimlichen Stunden mit seinem Geliebten so sehr, dass ihm erst gut zwei Wochen später dämmerte, dass Topaz sich noch immer nicht gemeldet hatte. Er versuchte, sie zuhause und dann im botanischen Garten von Ioto zu erreichen. Aber der Leiter des Gartens wusste überhaupt nichts davon, dass sie dort arbeiten sollte. Bei seinen weiteren Nachforschungen stellte Loran schließlich fest, dass sich Topaz' Spur auf Togana verlor. Er schäumte vor Wut. „Das wird sie mir büßen! Sollte sie Handor jemals wieder betreten, wird sie sich wünschen, mir niemals begegnet zu sein!"

****

Sie durchflogen langsam das irdische Sonnensystem. Nachdem sie den Jupiter passiert hatten, meldete Lieutenant Rijaak: „Captain, vor uns sind jede Menge Schiffe – sowohl irdische als auch außerirdische."

„Auf den Schirm. Das will ich sehen." Sanderson hatte so eine Vorahnung und im nächsten Moment wurde diese bestätigt. Die gesamte irdische Flotte war anwesend und unzählige außerirdische, befreundete Regierungen hatten Schiffe entsandt, um die Pioneer zu verabschieden. Es war ein beeindruckendes Schauspiel, wie Hunderte von Schiffen bewegungslos im Raum schwebten und ein Spalier bildeten. Der Captain sah seinen Kommunikationsoffizier Lee Wang an. „Gib das auf alle Decks weiter. Ich möchte, dass jeder an Bord Gelegenheit hat, das hier zu sehen." „Erledigt Captain. Wir werden von der Freedom gerufen", antwortete Wang.

Auf dem Bildschirm sah man im nächsten Moment Captain Bennert, den jetzigen Kommandanten von Sandersons altem Schiff. „Wir dachten, Sie würden sich vielleicht darüber freuen, wenn ein paar gute Freunde zum Abschied mit dem Taschentuch winken." Sanderson grinste, denn das war wieder mal typisch Bennert, der nun fortfuhr: „Außerdem gibt es hier an Bord noch jemanden, der Ihnen höchstpersönlich goodbye sagen möchte." Damit trat er zur Seite und machten einem großen, breitschultrigen Baghrami Platz.

„Hi Ron. Ich kann dich doch nicht einfach so wegfliegen lassen. Also, mach mir keine Schande da draußen und bring uns was Hübsches mit, ja?" Dem Ersten Offizier der Freedom wurden jetzt doch die Augen verdächtig feucht und er wedelte mit seinen Händen. Er war mit Ron zusammen aufgewachsen und einer seiner besten Freunde. „Mach's gut alter Knabe und komm ja in einem Stück wieder zurück. Das gilt natürlich auch für jeden Anderen bei euch an Bord."

Jetzt schob sich von der Seite Captain Bennert wieder ins Bild. „Da kann ich mich nur anschließen."

Auch Sanderson kämpfte jetzt etwas gegen aufkommendes Wasser an. „Wisst ihr, ich werde etwas mitbringen, das die Welt so noch nie gesehen hat", flachste er, um den Moment der Sentimentalität zu überspielen. Bennert nickte nur, dann waren er und die Brücke der Freedom vom Bildschirm verschwunden und sie sahen nur noch diese Unmenge von Schiffen. „Also dann Mr. Mendéz, zeigen Sie mal, was Sie können."

Der Pilot ließ die Pioneer langsam durch die Gasse aus Schiffen gleiten. Nachdem sie das letzte passiert hatten, brachte der Kerl es doch tatsächlich fertig, die Pioneer in so heftige Schaukelbewegungen zu versetzen, dass sie sich fast überschlagen hätten. Danach flog er dann noch eine enge Ehrenrunde, die nahezu einem Looping gleichkam. Er war wirklich unverbesserlich und offensichtlich war mal wieder sein Temperament mit ihm durchgegangen. Nachdem alle sich wieder einigermaßen sortiert hatten und ihre Mägen auch wieder dort waren, wo sie hingehörten, ließ Gasira das Tempo erhöhen und bald schon hatten sie das irdische

Sonnensystem und die anderen Schiffe weit hinter sich gelassen. Einige Zeit noch würden sie durch bekanntes Territorium fliegen, aber dann kamen die Sektionen des Alls, die bisher noch niemand gesehen und erforscht hatte.

Captain Sanderson sah sich auf der oval angelegten Brücke um. Es war eine sehr gute Mannschaft, mit einer hervorragenden Brückencrew. Anders als sonst hatte er bei der Zusammenstellung dieser Crew darauf bestanden, jedes einzelne Besatzungsmitglied selber auszuwählen, auch wenn es ihn sehr viel Zeit und Energie gekostet hatte, all die Bewerbungen durchzusehen, um die 50-köpfige Mannschaft zusammenzustellen. Während der Testphase behielt er die Crew im Auge und konnte zufrieden feststellen, dass er eine gute Auswahl getroffen hatte. Bereits nach kurzer Zeit war die Mannschaft zu einer Einheit verschmolzen. Man hatte sich kennengelernt, erste Freundschaften geschlossen, aber auch gelernt, mit den Besonderheiten jedes Einzelnen an Bord zurechtzukommen. Das war wichtig, denn von nun an waren sie ganz auf sich allein gestellt. Egal was kam, niemand von der Erde oder einem der befreundeten Planeten konnte ihnen im Notfall zu Hilfe eilen.

Bei der Zusammenstellung seiner Brückenoffiziere hatte Sanderson vor allen Dingen Wert darauf gelegt, dass sie mitdachten und auch den Mumm hatten, ihre Ideen vorzubringen, und sich nicht ständig hinter irgendwelchen Vorschriften versteckten.

Direkt vor dem Captain saß Lieutenant Juan Mendéz. Er stammte vom Mars, hatte aber ganz eindeutig das Temperament seiner mexikanischen Vorfahren geerbt. Mendéz war der beste Pilot, den Sanderson je kennengelernt hatte.

Auf der rechten Seite der Brücke saß Lieutenant Lee Wang, sein Kommunikationsoffizier und Halbbruder. Lee war jünger als Ronald und hatte ursprünglich gar nicht vor, an die Space University zu gehen. Aber als die ersten begeisterten Briefe von Ronald zuhause eintrafen und er in den Ferien zudem ständig von seinen Flügen im All erzählte, wurde auch Lee davon infiziert. Er entschied sich für ein Studium der Kommunikationstechnik und schloss als einer der Besten seines Jahrgangs ab. Damit hatte er sich für die Position des Kommunikationsoffiziers der Pioneer qualifiziert.

Links neben dem Piloten saß Lieutenant Rijaak, sein von Runak stammender Sicherheitsoffizier. Die Runakaner waren in der ganzen Galaxis für ihre stoische Ruhe bekannt. Auch in den brenzligsten Situationen verloren sie niemals die Nerven. Rijaak verfügte zudem auch noch über eine Ziel- und Treffsicherheit, die Sanderson bisher noch bei niemand anderem gesehen hatte.

Neben seinem Kommandosessel verfügte sein Erster Offizier Gasira N'gomo über eine eigene kleine Station, bei der die Meldungen aller Abteilungen zusammenliefen. Gasira war auf dem afrikanischen Kontinent geboren und aufgewachsen und hatte sich dann für eine Offizierslaufbahn an der Space University entschieden. Während Sanderson sich vor allen Dingen für die Eigenheiten fremder Völker und Kulturen interessierte, zog Gasira die wissenschaftliche Forschung vor und hatte auch eine entsprechende Ausbildung absolviert. Damit war sie die perfekte Ergänzung zu ihrem Captain.

Hinter Lees Arbeitsstation und auf der gegenüberliegenden Seite gab es noch freie Computerkonsolen, die bei Bedarf besetzt und genutzt werden konnten.

Auf dieser Reise gab es allerdings noch eine Besonderheit. Da die Mission unter Umständen Jahre dauern würde und aufgrund der Entfernung natürlich kein Heimaturlaub gegeben werden konnte, hatte man den Besatzungsmitgliedern zum ersten Mal gestattet, ihre Familien mit an Bord zu nehmen. Auch daran mussten sich Mannschaft und Offiziere erst gewöhnen, und die zivilen Personen wiederum mussten die Gepflogenheiten an Bord eines Raumschiffs kennenlernen und sich diesen anpassen. Die Erprobungszeit war also nicht nur wichtig gewesen, um eventuelle Mängel am Schiff festzustellen und zu beheben. Alle hatten die Herausforderungen ganz hervorragend gemeistert und sich an Bord eingerichtet.

Als sie den bekannten Raum hinter sich ließen und endlich in die unbekannten Regionen vorstießen, geschah tage- und wochenlang gar nichts. Natürlich kam das nur denjenigen so vor, die darauf brannten, möglichst bald Neues zu entdecken und fremde Lebensformen kennenzulernen. Die Wissenschaftler hingegen waren ganz aus dem Häuschen und vermaßen, scannten und untersuchten, was das Zeug hielt. Am liebsten wären sie ausgestiegen und hätten jedes Gesteinsstückchen einzeln umgedreht. Aber da das natürlich nicht möglich war, begnügten sie sich damit, Tonnen von Weltraumgestein an Bord zu holen, damit sie es untersuchen konnten. Irgendwann wurde es so viel, dass Sanderson befahl, das ganze Zeug wieder nach draußen zu befördern.

Dann endlich meldeten die Sensoren ein sich näherndes Schiff. Lee Wang versuchte, Kontakt aufzunehmen – leider vergeblich. Als die Fremden auch noch abdrehten, war klar, dass sie nichts mit ihnen zu tun haben wollten. „Nun ja, dann eben nicht", bemerkte Sanderson und setzte hinzu: „Die wissen gar nicht, was ihnen entgeht." Die Brückencrew quittierte es mit einem dankbaren Lächeln. Sie alle waren sich zwar bewusst, dass sie auch im unbekannten Raum die meiste Zeit damit verbringen würden, Routinearbeiten zu verrichten, hatten aber trotzdem auf mehr Abwechslung gehofft.

Sie flogen weiter durch diese Unendlichkeit, vorbei an Nebeln und Gestirnen ohne jegliche Atmosphäre. Als so ein weiterer Monat ohne nennenswerte Begebenheiten vergangen war, hielten sie nicht nur Ausschau nach bewohnten Planeten, sondern überhaupt nach einem mit atembarer Atmosphäre. Auch wenn die Pioneer ein großes Schiff war und es viele Möglichkeiten zur Freizeitgestaltung gab, musste die Mannschaft sich doch auch mal wieder an der frischen Luft bewegen. Irgendwann war eben auch das größte Schiff zu Ende und man lief gegen eine Wand. Damit niemand durchdrehte, musste jetzt langsam mal ein Planet her, auf dem die Besatzung Landurlaub machen konnte. Es sollten aber noch drei Wochen vergehen, bevor sie Gelegenheit hatten, wieder mal kräftig durchzuatmen und die Wärme einer richtigen Sonne zu tanken.

Kurz nach Beginn der Frühschicht meldete Gasira einen bewohnten Planeten. Die Vendaner entpuppten sich als ein freundliches und friedliches Volk, das sich über jeden Besucher freute. Während Sanderson und seine Offiziere mit den Ratsmitgliedern speisten und ein Freundschaftsabkommen abschlossen, machte der Rest der Mannschaft Urlaub. Die Crewmitglieder plauderten, lachten und feierten mit den Vendanern, für die jeder Besuch von Außenweltlern ein Grund war, ein ausgedehntes Fest zu veranstalten. Sanderson war sicherlich kein Langweiler, aber nach drei Tagen zog er sich auf die Pioneer zurück und ließ sich nur noch stundenweise auf den Feiern blicken, um ihre Gastgeber nicht vor den Kopf zu stoßen. Am Ende der zweiten Woche befahl der Captain dann aber doch die Abreise, schließlich wollten sie noch mehr erforschen.

Auch jetzt waren wieder in erster Linie die Wissenschaftler an Bord die eigentlichen Nutznießer dieses Fluges, aber sie fanden nun auch häufiger bewohnte Welten. Nicht auf allen waren sie willkommen. Einige Spezies machten ihnen unmissverständlich klar, dass sie keine Beziehungen – welcher Art auch immer – wünschten. Es kam sogar vor, dass Regierungen von sich aus Kontakt zu ihnen aufnahmen, nur um mitzuteilen, man verbiete den Durchflug ihres Gebietes. Dann wurden noch die entsprechenden Gebietsansprüche übermittelt und das war's. All das war zwar frustrierend, aber sie mussten es respektieren. Außerdem gab es ja auch noch andere Völker, die durchaus bereit waren, sie zu empfangen. Immer tiefer drangen sie in die unbekannten Regionen des Weltalls vor.

****

Topaz saß in der öffentlichen Bibliothek von Solja und informierte sich über einige mögliche Reiseziele. Zehn Jahre waren seit ihrer überstürzten Abreise von Handor vergangen. Sie hatte sich in dieser Zeit sehr verändert. Aus der ängstlichen, schüchternen und in sich gekehrten Topaz war eine selbstbewusste und kommunikative Frau geworden, die ohne Hemmungen auf andere zuging.

In den ersten Wochen war sie nur von einem Schiff aufs nächste gewechselt, immer darum bemüht, möglichst viel Raum zwischen sich und Handor zu bringen. Die ersten wirklichen Schritte in Freiheit, wie sie selbst es nannte, machte sie nach knapp einem Monat, als sie anfing, öfter ihre Kabine zu verlassen. Zunächst saß sie nur auf dem Promenadendeck und beobachtete all die fremdartigen Lebewesen an Bord. Neugierig geworden, begann sie erste zaghafte Gespräche. Mit der Zeit aber wurde sie immer selbstsicherer und lernte dabei schon einiges über fremde Kulturen. Nach drei Monaten landete sie auf Duschambe. Diese Welt entpuppte sich als grüne blühende Oase mit kilometerlangen Stränden, die von den Bewohnern der in diesem System liegenden Planeten als Urlaubsort frequentiert wurde. Sie beschloss, einige Zeit zu bleiben. Allerdings nicht als Touristin, denn ihr Budget war schon ziemlich ausgereizt. Im Gegenteil: hier wurden überall Arbeitskräfte gesucht. Topaz wollte ihre Kasse wieder auffüllen und so verdingte sie sich in einem der zahlreichen Hotels als Zimmermädchen. Ein möbliertes Apartment in einem Wohnheim, das extra für auswärtige Arbeitskräfte zur Verfügung stand, konnte man für ein geringes Entgelt mieten. Nach Arbeitsschluss gesellte sie sich gerne in der großen Wohnküche zu den anderen Bewohnern des Heims. Zum ersten Mal in ihrem Leben lernte Topaz hier so etwas wie Gemeinschaft kennen. Natürlich bildeten sich auch hier und da Pärchen. Topaz allerdings lehnte alle entsprechenden Avancen ab und das nicht etwa, weil sie die sehr konservativen Ansichten teilte, die auf Handor vorherrschten. Sie hatte durchaus Beziehungen mit auf Handor lebenden Außenweltlern gehabt. Die Wahrheit war schlicht und ergreifend: ihre Mitbewohner interessierten sie nur auf freundschaftlicher Basis. Zudem wollte und konnte sie keine feste Beziehung eingehen. Die Hauptsaison, für die sie einen Vertrag hatte, dauerte auf Duschambe vier Monate. Nach Ablauf dieser Zeit packte Topaz ihre Sachen und bestieg das nächste Raumschiff. Sie hatte genug verdient, um jetzt wieder einige Zeit reisen zu können. Aber von nun an nahm sie sich auf jedem Planeten die Zeit, sich umzuschauen. Keine Spur mehr von der Hektik der ersten Tage und Wochen. Es fing an, Ihr Spaß zu machen, fremde Welten zu erkunden und neue Spezies kennenzulernen, und so reiste sie kreuz und quer durch die Galaxie und blieb dort, wo es ihr gefiel. Sie nahm jede Arbeit an, die sich ihr bot, um ihre Reisekasse zu schonen und wieder aufzustocken. Obwohl sie durch die Tätigkeit im botanischen Garten schon ziemlich kräftig war, wurde ihr Körper durch die oftmals sehr anstrengenden, ungewohnten Beschäftigungen jetzt förmlich gestählt. Nebenbei arbeitete sie hart an sich selber. Die meditativen Übungen, die sie auf Handor so oft und so lange vernachlässigt hatte, führte sie auch weiterhin jeden Tag durch. Bald schon stellten sich erste Ergebnisse ein, zumal sie auch angefangen hatte, einige unangenehme Erfahrungen der Vergangenheit aufzuarbeiten, statt diese nur zu verdrängen. Ganz langsam begann auch Topaz' Seele zu genesen und Handor schien nicht nur räumlich in weite Ferne gerückt zu sein.

»Das alles hättest du schon viel früher haben können. Es hätte dir einiges erspart und du wärst Loran niemals in die Finger geraten.« Als ihr dieser Gedanke durch den Kopf schoss, stellte sie mit Erstaunen fest, dass es überhaupt nicht mehr schmerzte, an Loran zu denken. Er war ihr gleichgültig geworden. Ob sie allerdings genauso gelassen geblieben wäre, wenn er jetzt vor ihr stünde, wagte sie doch zu bezweifeln. Auch wenn sie nicht mehr so ängstlich war wie zu ihrer Zeit auf Handor, so war sie auch noch nicht stark genug, um ihm die Stirn zu bieten. Darüber war sich Topaz vollkommen im Klaren. „Aber was nicht ist, kann ja noch werden", sagte sie sich selbst und dieser Gedanke ermunterte sie, den eingeschlagenen Weg vehement weiterzugehen. Auch ihre empathischen Fähigkeiten hatten sich in der Zwischenzeit weiterentwickelt. Immer wieder stellte sie erfreut fest, dass sie Leute jetzt viel besser und meistens richtig einschätzen konnte. Denn auch für Telepathen war es nicht einfach, das Verhalten fremder Spezies richtig zu interpretieren. Es sei denn, man drang einfach in die Köpfe der Anderen ein und las in ihren Gedanken. Aber das kam für Topaz nicht in Frage. Sie hatte die Gedanken immer als etwas ganz Persönliches empfunden, das niemand Anderen etwas anging.

Seit sie angefangen hatte, sich Zeit zu lassen und nicht mehr nur hektisch von einem Schiff aufs nächste zu wechseln, schaute sie sich auch ganz bewusst auf den Planeten und Raumschiffen nach einer bestimmten Spezies um. Jeden, mit dem sie sich unterhielt, fragte sie nach den Menschen. Sie wollte sie finden. Sie war sich jetzt im Klaren darüber, dass dieser Wunsch insgeheim schon immer in ihr geschlummert hatte. Aber auch das war wie so vieles andere auf Handor nicht an die Oberfläche ihres Bewusstseins gedrungen. Manchmal glaubte sie, sie hätte dort wie unter einer Dunstglocke gelebt. Wie hatte sie das bloß all die Jahre ausgehalten? Heute verstand Topaz sich selber nicht mehr. Das Kennenlernen fremder Kulturen war so aufregend und inspirierend, dass sie sich durchaus vorstellen konnte, noch einige Jahre zu reisen, bevor sie sich irgendwo niederließ.

Topaz hatte jetzt drei mögliche Reiseziele gefunden und auch gleich über den Bibliothekscomputer festgestellt, dass es Flüge dorthin gab. In zwei Tagen ging einer nach Chanak, den würde sie nehmen. Sie stand auf und verließ die Bibliothek. Vor der Tür blieb sie einen Moment stehen, genoss die Sonnenstrahlen auf ihrer Haut und beschloss, noch einen kleinen Spaziergang zu machen. Auf dem Rückweg zu ihrer Unterkunft würde sie auf dem Basar noch etwas Obst und Brot einkaufen.

****

„Captain, ich orte einen Planeten und wenn die Daten auf der Sternenkarte stimmen, müsste das Solja sein", verkündete Rijaak.

Kurz zuvor hatten sie von einem Handelsschiff Kartenmaterial von diesem Sonnensystem und einigen weiteren erworben.

Eine Verbindung wurde aufgebaut und eine Stimme forderte: „Hier ist das Flugkontrollzentrum Solja! Identifizieren Sie sich!"

Sanderson sah seinen Bruder an und Wang nickte. Augenblicklich erschien ein Wesen auf dem Bildschirm mit dunkler lederartiger Haut, die kein einziges Haar aufwies.

„Hier ist das Erdenschiff Pioneer. Wir würden gerne mit einem offiziellen Vertreter Ihrer Regierung sprechen", erklärte Sanderson.

Der Soljaner sah den Captain völlig ausdruckslos an und fuhr in barschem Ton fort: „Ich werde Ihnen eine Landebucht zuteilen. Alles andere geht mich nichts an. Versuchen Sie's im Büro des Premierministers. Folgen Sie jetzt meinen Anweisungen!"

Sanderson runzelte die Stirn und dachte: »Das ist ja ein reizender Zeitgenosse. Hoffentlich sind die anderen Soljaner umgänglicher.« Laut sagte er: „Ich übergebe jetzt an meinen Piloten. Bitte teilen Sie ihm alles Notwendige mit." Er nahm wieder in seinem Kommandosessel Platz und überließ das Weitere Lieutenant Mendéz. Der setzte ihr nicht gerade kleines Schiff sanft auf und landete zudem noch punktgenau, damit die Gangway, die ins Innere des Raumhafens führte, angekoppelt werden konnte. Sanderson wandte sich an seinen Bruder und sagte: „Versuch bitte, jemanden vom Büro des Premierministers zu bekommen." Lee nickte und stellte eine neue Verbindung her.

Diesmal erschien ein Soljaner auf dem Bildschirm, der hinter einem Schreibtisch saß und nicht sehr freundlich fragte: „Kann ich Ihnen helfen?"

Sanderson stellte sich vor und bat um eine Unterredung mit dem Premierminister.

„Bedauere, aber er ist zurzeit unabkömmlich. Gibt es sonst noch etwas?", bekam er unwirsch zur Antwort.

Sanderson holte tief Luft. Die Soljaner schienen wirklich nicht besonders freundlich zu sein. Sei es drum, er wollte zumindest versuchen, dass seine Mannschaft wieder einmal Landurlaub machen konnte und ihre Vorräte mussten auch aufgefüllt werden. Genau das teilte er jetzt dem Soljaner mit, der sich nicht einmal vorgestellt hatte.

„Das mit dem Landurlaub ist kein Problem. Für alles andere werde ich Ihnen zunächst jemanden an Bord schicken, der sich umsieht, was wir gebrauchen können. Ich nehme doch nicht an, dass Sie geglaubt haben, wir hätten was zu verschenken oder?"

„Nein, natürlich nicht." Hatte Sanderson sich bisher bemüht, seiner Stimme einen freundlichen und verbindlichen Klang zu verleihen, so verzichtete er jetzt darauf und fuhr in einem nüchternen, sachlichen Ton fort: „Mein Erster Offizier wird sich darum kümmern. Setzen Sie sich mit uns in Verbindung, um den Zeitpunkt festzulegen. Erdenschiff Pioneer Ende." Er sah Lee an und dieser trennte umgehend die Verbindung.

„Scheinen ja echt nette Leute hier zu sein. Mit denen könnte ich glatt die ganze Nacht durchfeiern." Diese Frotzelei von Juan Mendéz löste etwas die Anspannung, die sich auf der Brücke ausgebreitet hatte.

„Okay Leute, das ist vielleicht nicht gerade ein Urlaubsparadies, aber es gibt dort frische Luft und Sonne und vielleicht ist der Planet selbst ja durchaus sehenswert. Bevor wir allerdings keine soljanische Währung eingetauscht haben, geht niemand von Bord." Sanderson drehte sich zu Gasira um. „Wir wollen uns ja schließlich nichts schenken lassen, nicht wahr?" Der Sarkasmus in seiner Stimme beim letzten Satz war nicht zu überhören. „Übernehmen Sie die Brücke. Ich bin in meinem Arbeitszimmer."

Nach einiger Zeit meldete sich dann tatsächlich jemand vom Büro des Premiers und vereinbarte einen Termin, an dem er an Bord kommen wollte. Bereits vor ihrem Abflug von der Erde hatte man sich Gedanken darüber gemacht, mit was die Mannschaft auf fremden, so weit außerhalb ihres eigenen Systems liegenden Planeten bezahlen sollte. Irdische Währung war dort ganz gewiss nicht gefragt. Also war man übereingekommen, Technik anzubieten und auch ein paar befreundete Welten hatten einiges dazu beigesteuert. Gasira und zwei Leute aus der Sicherheitsabteilung empfingen den Vertreter der Soljaner am Eingangsschott. Sie brachten ihn in den Laderaum mit den technischen Geräten, die für den Austausch bereitgehalten wurden und Gasira erklärte ihm, dass er natürlich auch die Bauanleitungen erhalten könne. Der Soljaner inspizierte alles, machte sich Notizen und sagte dann: „Ich möchte mich noch weiter umsehen!" Gasira nickte nur und führte ihren Gast auf dem Schiff herum. Was sie ihm nicht zeigte, waren der Maschinenraum, die Brücke sowie die Waffenkammer. Als er danach fragte, antwortete sie nur kurz und wahrheitsgemäß: „Bedauere, das sind Sicherheitsbereiche." „Na schön, hier ist meine Liste." Er hatte auch einige Dinge notiert, die eigentlich nicht für den Tausch vorgesehen waren. Aber da es sich nicht um Waffen oder für den Betrieb des Schiffes relevante Sachen handelte, stimmte sie allem zu und übergab nun ihrerseits eine Liste mit den Lebensmitteln, die sie benötigten.

„Unser Küchenchef möchte sich die Sachen aber vorher anschauen. Ich nehme doch an, dass die von uns gelieferten technischen und sonstigen Geräte mehr Wert sind, als diese paar Lebensmittel. Den Rest zahlen Sie uns dann bitte in soljanischer Währung aus."

Der Soljaner war die Liste durchgegangen und nickte. „Einverstanden. Wir haben Vorratslager, dort kann sich Ihr Küchenchef umsehen. Wenn er alles zusammengestellt hat, werden wir die Sachen und das Geld bis an die Gangway bringen. Wir erwarten, dass Sie uns im Gegenzug die Dinge aushändigen, die ich notiert habe. Wo ist Ihr Küchenchef? Er soll mitkommen!"

Gasira betätigte das Kom-Gerät, das sie am Handgelenk trug, und informierte Mr. Talbot, sie am Ausgangsschott zu treffen. Dann wandte sie sich wieder an ihren Besucher. „Wir sollten jetzt ebenfalls dorthin gehen." Mit einer Handbewegung wies sie den Soljaner in die entsprechende Richtung. „Bitte nach Ihnen." War sie froh, wenn dieser unangenehme Mann wieder von Bord war. Der Küchenchef der Pioneer wartete bereits am Schott und Gasira teilte ihm kurz den Sachverhalt mit. Er nickte und ging dann zusammen mit dem Soljaner von Bord.

Der Erste Offizier hatte insgeheim schon befürchtet, es gebe noch irgendwelche Schwierigkeiten, aber es ging alles glatt und sie konnte den Landurlaub für die Mannschaft freigeben. Als alles erledigt war, erstattete sie Sanderson Bericht. Sie schloss diesen gerade mit den Worten: „Sie sollten auch mal wieder einen Landgang machen, Captain", als der Türsummer erklang. Nach einem kurzen „Herein" öffnete sich die Tür und Lee Wang betrat das Büro.

„Störe ich?", fragte er.

„Nein, ich wollte gerade gehen", antwortete Gasira.

Lee fuhr fort: „Gut. Hör mal Ron, wie wär's, hast du nicht Lust, dir mit mir zusammen die Stadt ein wenig anzusehen?"

Ronald schaute die beiden abwechselnd an. „Habt ihr beiden euch etwa abgesprochen?"

Gasira und Lee schüttelten die Köpfe und fragten fast gleichzeitig: „Nein, wieso?"

„Wehe, wenn ich dahinter komme, dass es doch so ist." Sanderson drohte den beiden in gespielter Entrüstung mit dem Zeigefinger, sodass alle drei lachen mussten. Gut gelaunt verließ Gasira das Büro und Ron fragte seinen Bruder: „Was ist denn eigentlich mit Hazy?"

„Du kennst doch unsere Archäologen. Auf jedem Planeten, den wir ansteuern, suchen sie zuerst nach Ausgrabungsstätten oder Ähnlichem. Da haben sie dann auch prompt eine auf Solja gefunden, die sie besuchen dürfen. Noch Fragen?", informierte ihn Lee.

„Nein. Nicht wirklich." Ronald kannte das zur Genüge und er kannte Hazy lange genug, um zu wissen, dass der sich eine solche Gelegenheit ganz sicher nicht entgehen lassen würde. „Also dann nur wir beide", stellte Ron fest.

„Wie lange ist das her, dass wir zusammen auf die Pirsch gegangen sind?", fragte Lee versonnen.

„Einige Zeit. Aber denk dran, dass du glücklich verheiratet bist. Oder muss ich mir etwa Sorgen um dich und Hazy machen?"

„Nein, natürlich nicht. Aber du …"

Weiter kam Lee nicht, denn Ronald fiel ihm ins Wort: „Fang nicht schon wieder damit an!", und um den harten Klang dieser Worte abzumildern, schloss er noch ein „bitte, es bringt doch nichts" an.

Lee sagte nichts mehr. Er wollte weder Ronald noch sich selber den Tag verderben. Schweigend gingen sie von Bord, um sich die Hauptstadt von Solja anzuschauen, und es gab einiges dort zu sehen. Die Soljaner mochten nicht sehr freundlich sein, aber ihre Bauwerke waren doch recht imposant. Nachdem sie einige Stunden durch die Straßen gelaufen waren, landeten sie schließlich auf dem Basar. Das bunte Treiben hier hatte durchaus seinen Charme, zumal dieser Markt auch von Außenweltlern frequentiert wurde. Neugierig sahen sie sich um. Dabei fiel Ronalds Blick auf eine Gestalt, die rechts neben ihm am Stand gerade einkaufte. Irgendetwas an ihr zog ihn magisch an, er konnte den Blick nicht abwenden. Sie war ganz offensichtlich keine Soljanerin, denn ihr Kopf war mit Schildpatt bedeckt, auf dem einzelne kupferrote Haarsträhnen wuchsen, die sie zu schmalen Zöpfen geflochten hatte. Als sie sich umdrehte, sah er, dass das Schildpatt von der Stirn bis hinunter zum Nacken reichte. Das Gesicht hingegen war mit einer hellen, weichen Haut bedeckt. Und dann blickte er in die außergewöhnlichsten Augen, die ihm je untergekommen waren. Sie hatten einen blaugrauen Ton mit einem leicht grünlichen Schimmer.

Topaz bemerkte natürlich, dass jemand sie beobachtete. Im Gegensatz zu früher blieb sie jetzt ganz gelassen, tätigte ihre Einkäufe zu Ende und drehte sich dann um. Vor ihr stand ein Wesen, dessen Spezies ihr unbekannt war. Wenn sie nach den Merkmalen anderer Spezies urteilte, die sie bisher kennengelernt hatte, musste es sich um einen Mann handeln. Die Haut hatte einen mittelbraunen bronzefarbenen Ton, während die Haare ebenso wie die Augen tiefschwarz waren.

„Wie wär's, wollen wir nicht irgendwo was trinken?" Als Lee keine Antwort erhielt, blickte er zu Ron und als er sah, was sich da tat, hielt er sich einfach im Hintergrund und wartete ab. »Scheinst dich ja doch endlich wieder für eine Frau zu interessieren«, dachte er erleichtert und froh. »Nun sag doch endlich was zu ihr!« Er konnte sich gerade noch zurückhalten, den letzten Gedanken laut auszusprechen, aber am liebsten hätte er Ron einen kleinen Schubs gegeben. Der allerdings stand weiter da und sah Topaz nur an. Dann endlich schien er aus seiner Trance zu erwachen und mit den Worten: „Ronald Sanderson" streckte er ihr lächelnd die Hand entgegen. Sie neigte den Kopf leicht zur Seite und sah ihn zwar auch freundlich lächelnd, aber fragend an, was Ron zu der Bemerkung veranlasste: „Oh, bitte verzeihen Sie. Vermutlich gibt man sich auf Ihre Heimatwelt nicht die Hand. Oder verstehen Sie mich nicht?"

„Doch ich verstehe Sie", antwortete die Frau und zeigte auf Ihr rechtes Ohr, an dem eine kleine, kaum sichtbare muschelförmige Apparatur befestigt war. „Ich habe ein Übersetzergerät. Mein Name ist Topaz. Aber bitte, was meinen Sie mit Hand geben?"

„Auf der Erde ist das Händeschütteln die gebräuchlichste Form der Begrüßung", erklärte Ron.

Jetzt sah sie ihn mit großen Augen an und war im ersten Moment sprachlos. „Sie ..." Es folgte eine Pause, in der sie offensichtlich um Fassung rang. „Sie sind ein Mensch?", platzte es dann aus ihr heraus.

Rons Augen weiteten sich vor Erstaunen.

„Woher kennen Sie den Ausdruck Mensch?", erklang Lees Stimme hinter ihm.

Erst jetzt bemerkte Topaz, dass noch ein zweiter Mann anwesend war und die beiden wohl zusammengehörten. Sie blickte abwechselnd von einem zum anderen und stotterte: „Ich, also ich kenne den Ausdruck, weil ich, na ja, weil ich selber halb Mensch bin und zur anderen Hälfte Handori."

Die beiden Männer sahen sie überrascht und ungläubig an.

„Wie ist das möglich, ich dachte, wir wären die ersten Menschen in diesen Regionen des Weltalls?", fragte Sanderson.

„Nun, zumindest ein Mensch war schon vor Ihnen hier", bemerkte Topaz. Sie hatte sich wieder etwas gefangen, obwohl sie immer noch ganz perplex war über diese plötzliche Begegnung. „Bitte, ich habe sehr lange darauf gewartet, die Menschen kennenzulernen. Darf ich …", wieder musste sie nach den passenden Worten suchen. Da hatte sie so viele Jahre auf diesen Augenblick gehofft, aber niemals hatte sie sich überlegt, was sie überhaupt sagen sollte. In Gedanken wies sie sich zurecht: »Reiß dich zusammen, sonst gehen die beiden gleich einfach weiter!« „Bitte, ich würde gerne mehr über die Erde und die Menschen erfahren", war jedoch alles, was ihr über die Lippen kam.

Ron lachte sie freundlich an. „Natürlich, außerdem haben Sie mich sehr neugierig gemacht." Dann fiel ihm auf, dass er ihr Lee noch gar nicht vorgestellt hatte. Er holte das umgehend nach.

„Kann man hier vielleicht irgendwo was trinken gehen?", wiederholte Lee seine vorhin gestellte Frage in etwas abgewandelter Form.

„Gute Idee, wir könnten uns dabei unterhalten", schlug Sanderson vor.

Wenn man mal davon absah, dass er wirklich neugierig auf Topaz' Geschichte war, so hätte er sie auch gar nicht einfach so gehen lassen. Dessen war sich Ron durchaus bewusst und dabei hatte er vorhin noch mit Lee geschimpft. „Pass auf, was du tust, alter Esel", schalt er sich jetzt gedanklich selbst.

„Gleich hier um die Ecke gibt es ein kleines Lokal mit Terrasse. Dort bekommt man auch Kaltgetränke", erklärte die Handori.

Als die beiden Menschen zustimmend nickten, drehte sich Topaz' um und ging voran. Auf dem Weg dorthin schwiegen alle drei und hingen ihren Gedanken nach. Topaz waren Rons Gefühle natürlich nicht entgangen und das beruhte durchaus auf Gegenseitigkeit. Auch er gefiel ihr ausgesprochen gut. Allerdings war sie sich noch nicht im Klaren darüber, inwieweit sie sich mit ihm einlassen wollte. Aber das war im Moment auch nicht ihr Hauptproblem. Es würde sich in Kürze herausstellen, ob sie sich nur Illusionen über die Menschen gemacht hatte und bei diesem Gedanken wurde ihr doch etwas mulmig zumute.

In besagtem Lokal angekommen, fanden sie auf Anhieb einen freien Platz auf der Terrasse und bestellten drei Gläser Begantee, den Topaz empfahl.

Ron ergriff als erster das Wort: „Also, wie war das jetzt mit dem Menschen, der schon vor uns in dieses System gelangt ist?"

Topaz erzählte von Halen und schloss mit den Worten: „Er blieb auf Handor und heiratete eine Handori namens Diria. Die Handori waren Halen sehr dankbar für das, was er geleistet hatte. Auch seine Frau war sehr beliebt und beide genossen große Verehrung. Sie gelten als die Begründer der heutigen Handori-Gesellschaft."

„Ah ja, und Sie sind eine ihrer Nachfahren?", fragte Lee.

Zögernd sagte Topaz: „Also ... nicht ganz!" Sie sah auf ihre Hände und spielte nervös mit ihren Fingern.

Jetzt kam der Teil ihrer Geschichte, der ihr bisher nur Unannehmlichkeiten beschert hatte.

Sanderson bemerkte ihr Unbehagen und sagte: „Sie müssen uns nichts weiter erzählen."

Rons leise ausgesprochene Worte ließen Topaz wieder aufblicken. Sie sah ihm direkt in die Augen und sagte mit fester Stimme: „Doch, das muss ich und das werde ich!" Jetzt gab es kein Zurück mehr und bevor sie wieder der Mut verließ, erklärte Topaz: „Auf Handor gab es einen Wissenschaftler namens Sudir. Eines Nachts drang er in das Grabmal von Halen und Diria ein und entnahm den beiden DNA. Und mit dieser hat er dann experimentiert – natürlich im Geheimen. Er war so geschickt, dass niemand den Einbruch und die Experimente bemerkte. Zumindest nicht bis das Experiment neun Jahre alt war." Sie zeigte auf sich, weil ihr jetzt doch die Worte ausgingen.

„Ziemlich gelungen, wenn Sie mich fragen", stellte Lee grinsend fest.

Ron vermutete allerdings ganz richtig, dass da noch mehr war, und sagte deshalb: „Lee hat recht, aber wenn ich mal raten darf: Es gibt da wohl Leute, die das ganz anders sehen oder?"

Dankbar nahm sie seine Worte in sich auf und nickte bestätigend. Kurz schloss Topaz die Augen und dachte für einen Moment daran, dass sie sich keinen Illusionen hingegeben hatte. Die Menschen waren wirklich anders als die Handori, zumindest diese beiden. „Sind alle Menschen so tolerant wie Sie?", fragte Topaz.

„Ja, die meisten schon. Es war allerdings ein weiter Weg bis dahin. Es gab in früheren Zeiten sehr viele

Menschen, die jeden ablehnten, der anders war als sie selbst und auch nicht davor zurückschreckten, mit Gewalt gegen diese vorzugehen. Aber das ist lange her und die Menschheit hat aus ihren Fehlern gelernt", erklärte Ron.

„Das klingt gut. Die meisten Handori sind da ganz anders. Sie verabscheuen mich aufgrund der Tatsache, dass ich im Labor und noch dazu aus der DNA zweier Verstorbener geschaffen wurde. Dass die beiden verehrt werden, hat mir auch nicht geholfen. Im Gegenteil: es hat das Ganze eher noch schlimmer gemacht. Außerdem ist Gentechnik auf Handor streng verboten. Deshalb hat Dr. Sudir sein Experiment ja auch nicht veröffentlicht, aber irgendwann ist es eben doch herausgekommen. Nach meiner Entdeckung und dem darauf folgenden Prozess gegen ihn und seine Frau gab es eine nicht unerhebliche Anzahl von Handori, die meinen Tod gefordert haben. Sie bezeichneten mich als unerwünschte Kreatur und meinten, ein Individuum wie ich hätte keine Daseinsberechtigung. Ich weiß nicht wieso, aber irgendjemand ganz weit oben hat entschieden, dass ich weiterleben dürfe."

So, nun war es heraus und die beiden saßen immer noch hier! Und trotz ihrer eigenen, jetzt doch sehr aufgewühlten Gemütslage konnte sie erkennen, dass dies nicht nur aus Höflichkeit der Fall war.

Ron sah sie schweigend an und dachte, dass es für sie nicht ganz einfach gewesen sein musste, das alles zu erzählen. Natürlich hatte auch die Menschheit ihre Erfahrungen gesammelt mit der Gentechnik und sie war letztendlich aus gutem Grund verboten worden, aber man konnte doch Topaz nicht verantwortlich machen. Er wollte versuchen, ihr das klarzumachen, aber es fiel ihm doch schwer, die rechten Worte zu finden und plötzlich begriff er, dass das gar nicht nötig war. Topaz hatte es bereits aufgrund seiner und Lees Reaktion verstanden. Eines allerdings war ihm unverständlich und deshalb fragte Ron: „Wieso haben Sie uns eigentlich nicht als Menschen erkannt? Oder gibt es keine Bilder von Halen?"

„Doch, die gibt es. Aber er hatte nicht nur Haare auf dem Kopf, sondern auch im Gesicht. Das haben sie beide nicht. Gibt es auf der Erde zwei verschiedene Spezies?"

„Nein, die gibt es nicht." Lachend erklärte Ron ihr, was es mit den Haaren im Gesicht eines Erdenmannes auf sich hatte. Jetzt musste auch Topaz lachen, denn auf eine so einfache Sache hätte sie ja auch von alleine kommen können. „Wie wär's, möchten Sie sich vielleicht unser Schiff ansehen?", fragte Ron. Lee hätte fast das Glas fallen lassen. Donnerwetter! Dafür dass er eigentlich gar nicht wollte, ging sein Bruder aber mächtig ran. Nicht dass Lee etwas dagegen einzuwenden hätte. Seit dieser unsäglichen Geschichte hatte Ron bisher immer einen weiten Bogen um jedes weibliche Wesen gemacht. Das schien sich gerade zu ändern und diese Topaz war durchaus sympathisch, befand Wang. Als die Handori erfreut nickte, bezahlten sie den Tee und machten sich auf den Weg zum Raumhafen.

Topaz kannte den Gebäudekomplex bereits von ihrer Ankunft. Allerdings waren die Andockanlagen für die Passagierraumschiffe in einem anderen Teil untergebracht als der, in den die beiden sie jetzt führten. Sie gingen eine Vielzahl von Gängen entlang und bogen dann in eine der Gangways ein. Durch die verglasten Scheiben konnte sie ein ziemlich großes Raumschiff bewundern. An der Schleusentür zum Schiff standen zwei Wachen, die sie mit einem Kopfnicken begrüßten. Sanderson berührte eine Schalttafel, die Tür öffnete sich und gab den Blick frei in eine kleine Kammer. Er trat zur Seite und ließ ihr den Vortritt. Nachdem alle die Dekontaminationskammer betreten hatten, schloss sich die Tür wieder.

„Wir müssen einen Moment warten, bis feststeht, dass wir keine gefährlichen Krankheitserreger mit an Bord bringen", erklärte Ron ihr.

Während sie auf das Öffnen der inneren Zugangstür warteten, fiel Topaz ein, dass sie den beiden noch gar nichts von ihren telepathischen Fähigkeiten erzählt hatte. Sie holte dies umgehend nach. Aus den Erfahrungen der letzten Jahre wusste sie, dass es durchaus Spezies gab, die Telepathie nicht unbedingt als gute Eigenschaft empfanden. Ron und Lee nahmen ihre Mitteilung mit solcher Gelassenheit hin, dass Topaz nicht umhin kam, zu fragen: „Gibt es unter den Menschen auch Telepathen?"

„Einige wenige, ja. Aber die meisten Telepathen, die wir kennen, stammen von anderen Planeten", erklärte Sanderson.

Endlich öffnete sich die innere Tür und sie konnten weitergehen.

„Ich muss erst mal den Staub und den Schweiß abspülen." Lees Bemerkung veranlasste auch Sanderson dazu, an sich heruntersehen und festzustellen: „Das ist eine gute Idee." Ron wandte sich an Topaz und fragte: „Was ist mit Ihnen? Sie können sich gerne in einem der Gästequartiere frisch machen."

„Nein vielen Dank, das ist nicht nötig. Ich habe die meiste Zeit heute Morgen in einem klimatisierten Raum verbracht", antwortete die Handori.

Sie begleitete Sanderson zu dessen Quartier und nahm im Wohnraum in einem bequemen Sessel Platz, während er ins Bad eilte. Lange musste sie allerdings nicht warten. Bereits nach ein paar Minuten kam er frisch geduscht und mit sauberer Uniform bekleidet wieder heraus.

Gut gelaunt bemerkte Ronald: „So, dann starten wir mal unsere Sightseeing Tour."

„Unsere was?", fragte Topaz verständnislos.

„Oh, Verzeihung, Erdenterminologie, soll heißen: Ich zeige Ihnen jetzt das Schiff." Während sie durch den Korridor gingen, fragte Ron: „Gibt es irgendetwas, das Sie besonders interessiert?"

„Ja, die Natur mit allem, was dazugehört. Ich habe sehr oft in botanischen Gärten gearbeitet. Aber so etwas haben Sie ja vermutlich eher weniger hier auf dem Schiff."

Mit der Bemerkung: „wenn Sie sich da mal nicht irren" steuerte Ron den Lift an und sagte: „Bitte folgen Sie mir unauffällig. Ich habe eine Überraschung für Sie!" Er berührte eine der Sensortasten und der Aufzug setzte sich in Bewegung. Topaz sah ihn fragend von der Seite an, aber er schmunzelte nur und sagte erst mal gar nichts mehr. Auf Deck 2 angekommen, ging es links den Gang hinunter und dann durch eine Tür. Wieder standen sie in einem kleinen Zwischenraum, aber die zweite Tür öffnete sich sofort, nachdem die erste sich geschlossen hatte, und dann staunte Topaz nicht schlecht über den Anblick, der sich ihr bot. Vor ihnen lag ein herrlicher Park. Neugierig und völlig perplex trat sie aus der Schleuse. „Aber das ist ja …" Ihr fehlten die Worte! So etwas hatte sie nun wirklich nicht an Bord eines Raumschiffes erwartet. „Das ist unglaublich. Gibt es so was auf allen Erdenschiffen?"

„Nein, nur auf denen, die für sehr weite Flüge eingesetzt werden. Die Mannschaft soll sich hier erholen von der anstrengenden Arbeit" erklärte Sanderson.

„Verstehe. Wie groß ist der Park?"

„Er erstreckt sich über das halbe Deck. In der anderen Hälfte sind noch mehr Freizeiteinrichtungen untergebracht. Die können wir uns nachher auch noch ansehen, aber ich vermute, sie wollen sich erstmal hier im Park umsehen?"

„Ja, sehr gerne. Das ist wirklich phantastisch." Ihre Stimme verriet immer noch Erstaunen. Sie gingen langsam weiter und Topaz bat: „Erzählen Sie mir doch bitte etwas über die Erde."

Ron schilderte ihr zunächst in groben Zügen etwas aus der Geschichte der Erde und ging dann zu persönlichen Erinnerungen und Erlebnissen über. Währenddessen waren sie an einem See angekommen, der von einem Wasserfall gespeist wurde. Topaz blieb stehen, um sich dieses Schauspiel genauer zu betrachten. Es war alles so hervorragend angelegt, dass man glatt vergessen konnte, dass man sich eigentlich nicht in freier Natur, sondern auf einem Raumschiff befand.

„Hallo Captain", ertönte eine Stimme hinter einem der Büsche, die am Ufer wuchsen. Sie gehörte zu einem kleinen drahtigen Mann, der jetzt hinter dem Strauch hervorlugte. Sanderson stellte ihn als Mr. Minds vor. Sie wechselten einige Worte, dann entschuldigte sich der Gärtner und verschwand wieder hinter dem Busch. Gleich darauf hörte man das Klappern der Heckenschere. Sie gingen weiter und Topaz staunte über die Vielfalt an Farben und Formen irdischer Blumen und Gewächse. Während sie so dahinspazierten, erzählte Ron weiter von der Erde. Sie näherten sich gerade wieder der Eingangstür, als Topaz' Magen anfing zu grummeln.

„Mir scheint, einer von uns beiden braucht was zu essen." Noch während Ron den Satz aussprach, knurrte auch sein Magen. „Oder wir beide. Kommen Sie, wir gehen in die Messe." Lachend wies er mit dem Daumen zur Tür.

Wieder standen sie in dem kleinen Zwischenraum und warteten, bis die Außentür sich öffnete. Topaz verstand jetzt, warum es hier eine derartige Schleuse gab, denn auf eine Invasion von Käfern und ähnlichem Getier auf dem Schiff konnte man sicherlich gut verzichten.

Bereits als sie zwei Decks höher aus dem Lift traten, stieg ihnen ein herrlicher Duft nach Essen in die Nase.

Die Handori schnupperte und sagte: „Das riecht aber sehr lecker."

„Ich kann Ihnen versichern, es schmeckt auch so gut wie es riecht!", erklärte Sanderson.

Als sie die Messe betraten, waren erst wenige Besatzungsmitglieder anwesend. Henry, der Koch, der die heutige Essensausgabe übernommen hatte, grüßte beide und fragte dann, was sie gerne essen würden. Topaz war bereits aufgefallen, dass die Crew sich dem Captain gegenüber zwar respektvoll verhielt, aber niemand in seiner Gegenwart eingeschüchtert wirkte. »Interessant«, dachte sie, »auf Handor fordern die Vorgesetzten einfach nur bedingungslosen Gehorsam und halten das für Respekt.« Dieses Phänomen hatte sie auch auf verschiedenen anderen Welten beobachtet. Vorgesetzte schüchterten ihre Untergebenen einfach ein. Das so erzeugte Klima von Angst hielten sie für notwendig, um sich Autorität und Gehorsam zu verschaffen.

„Wir haben hier jeden Tag zwei Gerichte zur Auswahl. Ein vegetarisches und eines mit Fleisch", erläuterte Ron und riss sie damit aus ihren Gedanken.

Topaz besah sich die beiden Gerichte und die Auswahl fiel ihr sichtlich schwer. „Ich würde gerne beide probieren. Geht das?"

„Gar kein Problem." Henry schnappte sich zwei kleinere Teller und befüllte diese mit je einem der Gerichte.

„Danke schön, das ist sehr freundlich von Ihnen."

„Und Sie, Captain?" Der Koch sah Ron fragend an und dieser zeigte auf das Gericht mit Fleisch. „Ich nehme die Spaghetti Bolognese. Danke Henry."

Topaz wollte sich bereits ihr Tablett nehmen, als sie sah, dass Ron sich noch eine krümelige, helle Masse über die Spaghetti - wie er sie genannt hatte - streute. Sie sah ihn fragend an.

„Das ist Parmesan. Ein überaus schmackhafter Käse, der einfach zu diesem Gericht dazugehört", erklärte er.

Topaz nickte verstehend und streute sich auch etwas von dem Parmesan über ihre Spaghetti.

Sie gingen zu einem freien Tisch und setzten sich. Ron war jetzt eigentlich sehr neugierig darauf, etwas über Topaz und Handor zu erfahren, aber er hielt sich noch zurück, damit sie in Ruhe essen konnte. Topaz probierte zuerst die Spaghetti. „Die sind wirklich gut! Was ist eigentlich das Andere?"

„Auberginenauflauf", antwortete Ron.

„Ober...", versuchte sie das Wort auszusprechen und schüttelte dann leicht den Kopf, „Ich sollte nicht so viel fragen, sondern einfach probieren."

Er lachte sie an. Diese Frau gefiel ihm immer besser.

„Dürfen wir uns zu euch setzen?" Lee stand plötzlich zusammen mit einem anderen Mann neben ihrem Tisch. Ron machte eine einladende Handbewegung und Lee stellte Topaz seinen Begleiter als Hazy vor. Nachdem sie Platz genommen hatten, fing Letzterer sofort an, von der Ausgrabungsstätte zu berichten. Topaz hatte noch niemals jemanden erlebt, der so voller Enthusiasmus und mit soviel Feuereifer von etwas erzählte. Das gefiel ihr! Es war herzerfrischend zu sehen, wie dieser Mann sich für das begeisterte, was er tat. Unwillkürlich hatte sie angefangen zu schmunzeln und stellte dann fest, dass es Lee und Ron genauso erging.

„Puh, bin ich satt. Jetzt noch einen schönen Kaffee."
„Kaffee?" Topaz sah fragend zu Lee, der davon gesprochen hatte.

„Ein Getränk von der Erde, das sehr gerne nach dem Essen getrunken wird. Ich schlage vor, Sie versuchen zunächst einmal einen gesüßten Milchkaffee, der ist nicht so bitter", erklärte Hazy und fuhr zu Lee gewandt fort: „Wollen wir welchen holen?" Lee nickte und die beiden verschwanden. Bereits kurze Zeit später kamen sie wieder zurück und stellten vier Tassen, die mit einem herrlich duftenden Getränk gefüllt waren, auf den Tisch. Als Topaz allerdings die schwarze Brühe in Lees und Hazys Tassen sah, beäugte sie diese zunächst misstrauisch. Das sah aber nicht sehr einladend aus und so was sollte man trinken können? Vorsichtig nippte sie an ihrem Milchkaffee und war angenehm überrascht. Das schmeckte ja hervorragend! Jetzt wurde sie doch mutiger und bat darum, einen kleinen Schluck vom schwarzen Kaffee probieren zu dürfen. Sofort verzog sie angewidert das Gesicht. Die drei Männer hatten sie beobachtet und schmunzelten. Sie sah von einem zum anderen und lachte dann über sich selbst. Als Ron sie darum bat, etwas von sich zu erzählen, wurde sie allerdings wieder ernst.

„Ich war neun Jahre alt, als durch einen Zufall herauskam, was Dr. Sudir getan hatte. Einer der Bettelmönche aus dem nahegelegenen Kloster hatte sich auf dem Grundstück herumgetrieben und mich dabei entdeckt. Es war allgemein bekannt, dass Sudir und Sagin keine Kinder hatten, und weil die beiden im Kloster nicht sehr beliebt waren, hatte besagter Bettelmönch es dann auch ganz eilig, seine Beobachtung den Behörden zu melden. Die Polizei rückte an und verhaftete Dr. Sudir und seine Frau Sagin. Sie ist ebenfalls Ärztin, wurde aber in dem darauffolgenden Prozess freigesprochen, da sie nichts mit Sudirs Machenschaften zu tun hatte. Er allerdings erhielt fünf Jahre Zuchthaus. Nach seiner Entlassung lebte er zurückgezogen irgendwo auf dem Land und hat niemals versucht, Kontakt zu mir aufzunehmen. Irgendwann las ich in der Zeitung, dass jemand in sein Haus eingedrungen sei und ihn erstochen und beraubt habe. Nach dem Prozess steckte man mich in ein Waisenhaus. Wissen Sie, Waisenkinder erhalten auf Handor nur eine geringe Schulausbildung und werden als billige Arbeitskräfte missbraucht. Da meine Geschichte durch die öffentliche Verhandlung überall bekannt war und ich zudem auch noch anders aussah, wurde ich sehr oft beschimpft, angespuckt und verprügelt. Dadurch bekam ich natürlich auch laufend Probleme mit den Erziehern, wenn ich wieder einmal mit zerrissener oder verschmutzter Kleidung ins Heim zurückkehrte. Als ich mit fünfzehn entdeckte, dass ich über telepathische Fähigkeiten verfüge, ging ich sofort zur Heimleitung. Es gibt auf Handor spezielle Ausbildungsstätten für Telepathen, in denen sie lernen, ihre Begabung unter Kontrolle zu halten. Man testete mich und stellte fest, dass meine Worte der Wahrheit entsprachen, und so wurde ich in einer dieser Ausbildungsstätten aufgenommen. Es war zwar auch dort nicht leicht für mich, aber alle waren so sehr damit beschäftigt, ihre eigenen Fähigkeiten in den Griff zu bekommen und möglichst weiter zu entwickeln, dass sie wenig Zeit hatten, sich irgendwelche Gemeinheiten auszudenken. Die verbalen Attacken, denen ich dort ausgesetzt war, konnte ich einigermaßen wegstecken. Aber ich war trotzdem heilfroh, als ich die Abschlusstests geschafft hatte und auch diesen Ort verlassen konnte. Nach mehreren Aushilfsjobs schaffte ich es schließlich, eine Anstellung im botanischen Garten zu bekommen. Ich habe viel gelesen und brachte mir schließlich selber vieles von dem bei, was andere Kinder in der Schule lernen. Mit der Zeit entstanden auch einige Freundschaften mit Außenweltlern, die es nach Handor verschlagen hatte. Die meisten von ihnen arbeiteten wie ich im botanischen Garten oder lebten in meiner Nachbarschaft. Die Handori selber ließen mich nun zum größten Teil in Ruhe, aber natürlich spürte ich den Hass, der bei vielen immer noch aufkam, wenn sie mich erblickten."

Die Männer hatten ihr schweigend und ohne sie zu unterbrechen zugehört. Auch als sie endete, war es noch eine ganze Weile still am Tisch. Die drei mussten das Gehörte erst einmal verdauen.

„Das ist keine besonders schöne Geschichte, wenn ich das mal so ausdrücken darf", bemerkte Ron schließlich etwas verlegen, weil ihm einfach die Worte fehlten.

„Ich kann gut verstehen, dass Sie Handor verlassen haben", sagte Hazy.

Jetzt war es Topaz, die verlegen wurde. „Ehrlich gesagt, gab es einen ganz konkreten Anlass, aus dem ich Handor verlassen habe", gestand sie, ohne aber eine weitere Erklärung zu liefern.

Ron deutete ihr Schweigen durchaus richtig, als er bemerkte: „Sie müssen uns nicht gleich alles am ersten Tag erzählen."

Topaz nickte dankbar lächelnd und dann kam ihr eine Idee. „Wie lange bleiben Sie eigentlich auf Solja?"

„Ein oder zwei Wochen. Meine Mannschaft braucht dringend Landurlaub, weil wir zuvor sehr lange unterwegs waren", gab Ron bereitwillig Auskunft.

„Dürfte ich dann noch mal wiederkommen? Ich würde gerne noch mehr von den Menschen und der Erde erfahren". Gedanklich setzte sie noch hinzu: »Und von dir!«

Natürlich hatte er im Stillen gehofft, dass er sie in dieser Zeit noch einmal wiedersehen könnte. Deshalb nickte er jetzt erfreut. „Ja natürlich, sehr gerne."

„Gut. Dann muss ich nur noch sehen, ob ich meine Unterkunft verlängern kann."

„Aber wir haben doch jede Menge freier Gästequartiere", äußerte Lee spontan.

Ron warf ihm von der Seite einen nicht zu deutenden Blick zu, sagte dann aber: „Sie sind herzlich eingeladen, unser Gast zu sein."

Das war ja noch viel besser, als sie zu hoffen gewagt hatte. „Diese Einladung nehme ich gerne an. Wenn ich meine Sachen hole, könnte ich in etwa einer Stunde wieder hier sein. Ist das in Ordnung?", sagte sie deshalb hocherfreut.

Sanderson nickte und brachte sie eine halbe Stunde später zur Schleusentür. Nachdem er die Wachen instruiert hatte, begab sich Ronald in sein Quartier und dachte darüber nach, ein ernstes Wort mit Lee zu reden, verwarf diesen Gedanken aber wieder. Sein Bruder meinte es ja nicht böse. Trotzdem musste Lee langsam verstehen, dass Rons Liebesleben seine eigene Angelegenheit war. Wenn er ehrlich war, musste Ronald sich allerdings eingestehen, dass eben dieses in letzter Zeit ziemlich brach gelegen hatte.

Nach etwas mehr als einer Stunde stand Topaz wieder an der Schleusentür, wurde von den Wachen freundlich gegrüßt und eingelassen. Ron holte sie ab und brachte sie in eines der freien Gästequartiere. Als Topaz sich bei ihm bedankte, antwortete er: „Ich freue mich darüber, Sie an Bord zu haben, muss aber leider noch etwas arbeiten. Sehen Sie sich alles in Ruhe an. Sie dürfen sich frei auf dem Schiff bewegen."

Genau das tat Topaz in den kommenden Tagen. Sie sah sich im Schiff um, machte lange Spaziergänge im Park, unterhielt sich mit dem Gärtner, mit den Menschen und Außerirdischen – kurzum mit jedem, der mit ihr sprechen wollte, und das waren eigentlich alle. Nirgendwo stieß sie auf Ablehnung. Sie hatte innerhalb weniger Tage mehr Freunde gewonnen als je zuvor in ihrem Leben. Topaz verströmte allerdings auch eine Aura von Herzlichkeit und Freundlichkeit, die es jedem leicht machte, und das Selbstvertrauen, das sie in den letzten Jahren aufgebaut hatte, tat sein Übriges. Sie genoss es, abends mit anderen zusammen zu sitzen, sich zu unterhalten oder an einer Spielrunde teilzunehmen. Natürlich hatte sie längst festgestellt, dass Lee und Hazy ein Paar waren und dass es auch noch einige andere gleichgeschlechtliche Paare an Bord der Pioneer gab. Aber das störte Topaz überhaupt nicht. Gerade weil sie selber immer anders gewesen war, hatte sie schon früh gelernt, dass die meisten sogenannten Grundsätze, nach denen die Handori lebten, auf überalterten Vorstellungen oder Vorurteilen beruhten. Schon in ihren Jugendjahren beurteilte sie Personen nach ihrem Charakter und ihrem Verhalten und ihre Reisen in den letzten Jahren hatten sie in dieser Denkweise bestärkt.

Ronald hielt sich bewusst etwas zurück. Natürlich war ihm klar, dass sie seine Gefühle kannte, aber er musste selber erst einmal Ordnung in sein Gefühlschaos bringen. Auf der einen Seite würde er sie gerne fragen, ob sie mitkäme. Auf der anderen Seite hatte er sich geschworen, nie wieder seinen Gefühlen zu folgen und eine Frau an Bord zu holen.

Eines Tages – sie hatten gerade eine ihrer Schachpartien beendet und Ron packte die Figuren weg – war Lee schon fast an der Tür von Rons Quartier, als er sich noch einmal umdrehte. „Hör zu Ron, ich weiß, es geht mich eigentlich nichts an. Aber ..." Er machte eine kleine Pause und fuhr dann fort: „Als ich damals kurz vor der Hochzeit kneifen wollte, hast du mir gesagt, das wäre nur die Aufregung und Hazy sei genau der richtige Mann für mich. Auf was ich denn noch warten wolle. Jetzt könnte ich dich das Gleiche fragen. Verdammt Ron, ich brauche keine telepathischen Fähigkeiten, um mitzukriegen, wie's um dich und Topaz steht. Willst du sie wirklich einfach so gehen lassen? Wenn du das tust, wirst du sie nie wieder sehen! Das weißt du genau.

Außerdem ist nicht jede Frau wie Susan!" Nachdem er einen kurzen Moment geschwiegen hatte, um Luft zu holen, setzte er noch hinzu: „Und noch was: Es gibt verdammt viele hier an Bord, die Topaz gerne näher kennenlernen würden, um es mal so auszudrücken. Im Moment halten die Jungs sich noch zurück, weil sie ihrem Captain nicht in Quere kommen wollen, aber wenn du noch lange zögerst, kannst du eine Nummer ziehen und dich hinten anstellen." Das war die längste Rede, die Lee je gehalten hatte und noch bevor Ron etwas erwidern konnte, setzte er hinzu: „So und nu geh ich, bevor du mich rauswirfst."

Ron sah seinem Bruder nach und ließ sich dann in einen Sessel fallen. Er starrte auf die Tür, die sich hinter Lee schloss und dachte über das nach, was dieser gesagt hatte. Sandersons Gedanken wanderten zurück zu jenem Tag auf dem Mars.

Sie waren noch in der Erprobungsphase der Pioneer gewesen und hatten einen kurzen Zwischenstopp eingelegt. Er saß im Café der Aussichtsplattform, als sie an seinen Tisch trat und ihn fragte, ob der Platz noch frei wäre. Später überlegte er oft, ob sie eigentlich bewusst den Offizier mit den meisten Streifen am Ärmel ausgesucht hatte. Es dauerte nicht lange und sie unterhielten sich angeregt. Die Pioneer blieb zwei Tage auf dem Mars und am Ende des zweiten Tages fragte er Susan, ob sie ihn begleiten wolle auf seinen Reisen. Sie zögerte keine Sekunde und kam mit an Bord. Allerdings dauerte es nicht lange und sie fing an, alles zu kritisieren. Ihr passte die Unterkunft nicht, ihr passte das Essen nicht und täglich kamen Dinge hinzu, die ihr missfielen. Da sein Hauptaugenmerk zu diesem Zeitpunkt dem Schiff und der Mannschaft galt und er daher auch nicht sehr viel Zeit mit ihr verbringen konnte, führte er ihre Unzufriedenheit darauf zurück. Das würde sich nach der Erprobungsphase wieder ändern, sagte er sich ein ums andere Mal. Er hatte zwar als Captain dann immer noch nicht so viel Freizeit wie andere, aber er würde sich mehr um Susan kümmern können. Es entging ihm allerdings nicht, dass die Mannschaft unzufrieden geworden war und sich bemühte, ihm möglichst aus dem Weg zu gehen. Eine Erklärung dafür erhielt er erst, als Gasira und Lee ihn eines Tages in seinem Büro aufsuchten. Erst drucksten die beiden ein wenig herum, aber dann erklärten sie, es ginge um Susan. Sie verlange ständig irgendwelche Besonderheiten. Bei jeder Gelegenheit weise sie darauf hin, dass sie die Frau des Captains sei, ihr deshalb jedwede Sonderbehandlung zustehe und man ihr jeden Wunsch zu erfüllen habe. Ron zweifelte keinen Moment am Wahrheitsgehalt dieser Aussagen. Zu gut passten sie zu Susans Benehmen, dass diese in letzter Zeit auch ihm gegenüber an den Tag legte. Er stellte Susan sofort zur Rede und diese stritt auch gar nichts ab. Im Gegenteil, sie glaubte sich völlig im Recht. Als er sie darauf hinwies, dass sich an Bord eines Raumschiffs einer auf den anderen verlassen müsse und niemand Sonderbehandlungen bekäme, fing sie an, ihn zu beschimpfen. Er ließ sie daraufhin einfach stehen, ging ins Schlafzimmer und holte ihre Reisetasche, die er ihr vor die Füße warf. Sie sah konsterniert erst die Tasche und dann Ron an. Er hieß sie, ihre Sachen zu packen und in ein Gästequartier zu ziehen. Dann wies er die Brücke an, den nächstgelegenen Außenposten anzufliegen. Als sie an der Raumstation angedockt hatten, brachte er Susan noch bis zum Ausgangsschott. Natürlich konnte sie es sich nicht verkneifen, ihm noch einige Gemeinheiten an den Kopf zu werfen. Erst als er ihre Tasche, die zwischen ihnen auf dem Boden stand, mit einem Fußtritt in die Schleuse beförderte, hielt sie endlich den Mund und verschwand aus seinem Leben. Als die Tür sich hinter ihr schloss, atmete er erleichtert auf.

Jetzt gab es also wieder eine Frau in seinem Leben, die seine Gefühlswelt völlig auf den Kopf stellte. Allerdings hatte Lee recht: Topaz war anders, ganz anders. Und trotzdem stand sich Ron immer noch selber im Weg.

Auch Topaz war in einer ähnlichen Gemütsverfassung. Ihr gefiel es ausnehmend gut an Bord der Pioneer und der Captain dieses Schiffes gefiel ihr noch viel besser, das hatte sie sich längst eingestehen müssen. Immer wieder war sie drauf und dran, zu ihm zu gehen und ihn zu bitten, an Bord bleiben zu dürfen. Aber sie konnte sich nicht dazu durchringen, auch wenn sie Rons Gefühle sehr deutlich lesen konnte.

Doch dann folgten Ereignisse, die den beiden die Entscheidung gewissermaßen abnahmen.

****

Alles begann damit, dass sie eine Botschaft erhielten von einer Gruppe, die sich *Freies Solja* nannte. Sie behaupteten, drei Besatzungsmitglieder in ihrer Gewalt zu haben und forderten Waffen und technisches Gerät.

„Kontaktieren Sie alle, die noch Landgang haben. Sie sollen sofort zurückkommen. Ich will wissen, wer fehlt", befahl Sanderson.
Gasira nickte und machte sich umgehend an die Arbeit. Bereits nach wenigen Minuten meldete sie: „Die Archäologen beantworten keinen meiner Rufe."
Sanderson sah zu dem blass gewordenen Lee hinüber. „Ich brauche eine Verbindung zum Büro des Premiers." Lee nickte stumm und stellte mit zitternden Händen die Verbindung her.
Wieder erschien der namenlose Soljaner auf dem Bildschirm. „Was ist jetzt wieder?", herrschte er Sanderson an.
Aber der Captain war nicht dazu aufgelegt, sich lange mit dem Mann herumzuschlagen und kam deshalb umgehend zur Sache. „Wir haben gerade eine Botschaft erhalten. Freies Solja, sagt Ihnen das was? Angeblich haben die drei meiner Leute in ihrer Gewalt."
„Ja, es kommt hin und wieder zu solch unerfreulichen Entführungen. Können wir leider nicht verhindern", bekam Sanderson lapidar zur Antwort.
Jetzt platzte Ronald der Kragen und er sagte mit schneidender Stimme: „Ist das alles, was Sie dazu zu

sagen haben? Wie wäre es, wenn Sie mir einige ortskundige Polizeibeamte zur Seite stellen würden, damit wir meine Leute da rausholen?"

„Bedauere, aber momentan sind wir personell sehr schlecht besetzt. Ich kann Ihnen da leider nicht weiterhelfen." Mit diesen Worten beendete der Soljaner abrupt die Verbindung.

In Rons Gesicht arbeitete es, dann stieß er hervor: „Na schön, dann eben ohne euch." Er wandte sich an Gasira und ordnete an: „Die Führungsoffiziere sollen sich im Besprechungsraum einfinden. Wir müssen einen Schlachtplan entwerfen." Dann kam Sanderson eine Idee und er holte auch Topaz zu der Beratung. Immerhin war sie schon länger auf Solja und konnte vielleicht mit dem einen oder anderen Hinweis behilflich sein.

Im Besprechungsraum setzte er zunächst einmal alle von dem Geschehen in Kenntnis. „Wir werden einen Suchtrupp zusammenstellen und unsere Leute da rausholen. Natürlich laufen wir Gefahr, dass auch dieser Trupp in die Hände der Terroristen fällt, aber eine andere Möglichkeit sehe ich nicht", stellte Sanderson am Ende seines Berichts fest.

„Ich habe mir das Gebiet um die Ausgrabungsstelle mal genauer auf der Karte angesehen. Unweit davon liegt ein Gebirgszug, in dem es anscheinend auch mehrere größere Höhlen gibt. Ich vermute, dass unsere Leute dort irgendwo gefangen gehalten werden. Wir sollten einen größeren Suchtrupp zusammenstellen, der es auch mit mehreren Leuten aufnehmen kann", erläuterte Rijaak und zeigte dabei auf einem Kartenausschnitt, welches Gebiet er meinte. Der Sicherheitsoffizier kratzte sich am Kopf und bemerkte dann: „Wenn wir nur eine Möglichkeit hätten, sie zu überraschen, damit sie keine Gelegenheit haben, unseren Leuten etwas anzutun."

Topaz hatte schon die ganze Zeit darüber nachgedacht und jetzt war ihr ein verwegener Gedanke gekommen, von dem sie aber nicht wusste, ob er überhaupt umsetzbar war. „Vielleicht kann ich uns einen Vorteil verschaffen." Jetzt sahen alle sie an. Das war sie nicht gewohnt und etwas verlegen fuhr sie fort: „Wenn irgendjemand an Bord sich bereit erklären würde, mit mir eine telepathische Verbindung einzugehen, dann könnte derjenige alles beobachten, was ich sehe, quasi als würde man mit einer Kamera filmen und alles übermitteln. Wenn ich mich also dem Suchtrupp anschließe, na ja, Sie haben ja gerade selber gesagt, dass dieser Gefahr läuft, in die Hände der Terroristen zu fallen."

„Wir sorgen einfach dafür, dass genau das passiert und finden so unsere Leute. Keine schlechte Idee", äußerte Sanderson spontan. Er überlegte einen Moment und fuhr dann fort: „Es müsste ein kleiner Trupp sein. Vielleicht nur drei oder vier Leute."

„Glauben Sie wirklich, das funktioniert?", fragte Rijaak skeptisch.

„Wieso nicht? Wenn Sie ein Terrorist wären, der einen Suchtrupp hochnimmt, was würden Sie dann erwarten zu finden?", antwortete Sanderson mit einer Gegenfrage.

„Nach Peilsendern oder ähnlichem", musste Rijaak zugeben.

„Sehen Sie, wer kommt schon darauf, dass wir eine Telepathin dabei haben, die alles ans Schiff weitergibt?" Sanderson erwärmte sich immer mehr für diese Idee.

„Ich mache das. Sie können sich mit mir verbinden", schlug Lee vor.

Ganz sanft erwiderte Topaz: „Nichts für ungut Lee, aber es wird sowieso sehr schwierig sein und wohl auch sehr anstrengend, über einen längeren Zeitraum eine solche Verbindung aufrechtzuerhalten. Sie machen sich verständlicherweise sehr große Sorgen um Hazy und diese Gefühle würden das Ganze zusätzlich erschweren. Zumal ich zugeben muss, dass ich so etwas bisher auch noch nicht gemacht habe."

„Okay, das sehe ich ein. War ja nur so eine Idee", erwiderte Lee.

Ronald legte seinem Bruder eine Hand auf die Schulter. „Wir holen sie da raus, verlass dich drauf." Dann wandte er sich an Topaz. „Im Maschinenraum arbeitet Ensign Fin, der von Minkara stammt. Die Minkaraner sind latente Telepathen. Würde Ihnen das helfen? Natürlich wird auch er sich Sorgen um seine Schiffskameraden machen, aber er ist mit keinem der Entführten gefühlsmäßig so stark verbunden."

Topaz nickte „Ja, wir sollten ihn fragen, ob er damit einverstanden ist."

„Ich bin sicher, dass er nicht nein sagen wird", erklärte Sanderson.

Topaz zog sich nach der Besprechung kurz in ihr Quartier zurück, um sich mit einer Meditation auf die kommende Aufgabe vorzubereiten. Wie sehr hatte sie sich doch verändert. Noch vor zehn Jahren war sie weit davon entfernt gewesen, sich freiwillig in Gefahr zu begeben. Aber die Besatzung der Pioneer war zu ihren Freunden geworden, zu Freunden, die sie ohne Wenn und Aber so akzeptierten, wie sie war. Und guten Freunden half man. Sie war sich sicher, dass jeder an Bord auch für sie sein Leben riskieren würde, wenn es nötig wäre. Nach der Meditation zog sie noch schnell die Uniform an, die man ihr gegeben hatte. Sie sollte schließlich wie ein Besatzungsmitglied aussehen.

Topaz eilte zur Krankenstation, auf der Fin bereits wartete. Dr. Ko'Shasi, der von Q'ara stammende Arzt der Pioneer, würde den Minkaraner die ganze Zeit überwachen. Als Topaz eintraf, trat ihr der Arzt entgegen und sagte: „Ich würde Ihnen gerne noch einen unserer Translater implantieren." Jeder an Bord der Pioneer trug ein solches Gerät, das direkt hinter dem Ohr platziert war und die Sprachen fremder Spezies übersetzte. Topaz nickte, entfernte ihr eigenes Übersetzergerät und der Arzt implantierte mit einem speziellen Instrument den Translater.

Die Handori trat nun auf Fin zu und beide fassten sich bei den Händen. Um sich besser konzentrieren zu können, schlossen sie die Augen und Fin öffnete seinen Geist für Topaz, sodass diese sich mit ihm verbinden konnte. Die Aktion dauerte nur wenige Minuten, dann konnte der Suchtrupp starten.

Sanderson hatte beschlossen, dass der Trupp nur aus ihm selbst, Topaz und zwei Sicherheitsleuten bestehen würde. Rijaak und Gasira würden zwei größere Einheiten zusammenstellen und je einen anführen, die auf der Grundlage des von Topaz Übermittelten handeln würden, um alle zu befreien. Das war der Plan. Soweit, so gut. Jetzt mussten sie noch dafür sorgen, dass die Soljaner, die für die Entführung verantwortlich waren, auch sie als Beute ansahen.

Sowohl Rijaak als auch Gasira hatten natürlich dagegen protestiert, dass Sanderson Mitglied des ersten Trupps war. Aber er wischte ihre Einwände mit einer Vermutung weg, der sich die beiden nicht verschließen konnten. „Mich macht das Verhalten von Mr. Namenlos doch sehr stutzig. Wenn Sie im Büro des Premiers arbeiten und Gäste Ihres Planeten werden entführt, würden Sie sich dann einfach zurücklehnen und nichts tun? Wohl kaum. Ich wette, der gute Mann hat selber Dreck am Stecken."

„Also glauben Sie, dass die durchaus mitkriegen, wenn der Captain persönlich da draußen erscheint und dann den Köder auch eher schlucken?", fragte Gasira.

„Völlig richtig, Commander. Also bitte keine weiteren Diskussionen. Ich werde den ersten Trupp anführen", entgegnete Sanderson.

„Die haben ja auch schon drei Besatzungsmitglieder. Was also sollten sie mit noch mehr von der Sorte, wenn nicht jemand in den Augen der Soljaner Besonderer dabei ist", überlegte Rijaak jetzt und sprach damit das aus, was auch Sanderson insgeheim befürchtete, wenn er nicht mitging.

Dieser Argumentation musste sich dann auch Gasira geschlagen geben.

Die Pioneer verfügte über zwei Landfahrzeuge. Diese sollten den beiden zurückgehaltenen Eingreiftrupps vorbehalten bleiben. Außerdem – so rechnete sich Sanderson aus – würden sie vielleicht schon die Aufmerksamkeit auf sich ziehen, wenn sie sich ein Fahrzeug auf Solja anmieteten. Im Raumhafengebäude gab es entsprechende Verleihfirmen und zu einer von diesen gingen sie. Während Sanderson ein Fahrzeug anmietete, blickten sich die beiden Sicherheitsleute um. Ihren geschulten Augen entging nicht, dass sie bereits beobachtet wurden. Es geschah allerdings weder auf dem Weg zum Parkplatz etwas noch auf der ganzen Strecke bis zu dem Gebirgszug, in dem sie das Versteck der Entführer vermuteten. Dort angekommen, verließen sie das Fahrzeug und schnappten sich ihre Ausrüstung. Von hier aus mussten sie zu Fuß weitergehen. Auch wenn der eigentliche Plan darin bestand, sich gefangen nehmen zu lassen, musste es doch so aussehen, als würden sie nach ihren Kameraden suchen. Vielleicht würden sie ja auch tatsächlich fündig und könnten die Geiseln befreien. Es war allerdings sehr anstrengend, in dem felsigen Gelände herumzuklettern. Sie erkundeten jede Höhle, die sie fanden, ein Stück weit, immer in der Hoffnung, einen Hinweis auf die Entführten zu finden. Aber nichts! Auch Topaz schüttelte immer wieder den

Kopf, da sie mit ihren besonderen Fähigkeiten nach den Vermissten suchte. Allerdings schien ihr Plan ebenfalls nicht aufzugehen, denn niemand interessierte sich für sie. Nach einigen Stunden ordnete Sanderson eine Rast an.

Und plötzlich, wie aus dem Nichts standen sie da: sieben Soljaner mit Gewehren im Anschlag! Selbst wenn sie gewollt hätten, so hätte es keine Chance zur Gegenwehr gegeben. Also hoben sie die Hände als Zeichen dafür, dass sie keinen Widerstand leisten würden. Die Soljaner lachten hämisch. Einer der Männer, offensichtlich der Anführer, brachte sie mit einer Handbewegung zum Schweigen und ordnete eine Durchsuchung an. Die Waffen wurden ihnen abgenommen und bei Sanderson und einem der Sicherheitsleute fanden die Soljaner kleine Sender.

„Na sieh mal einer an." Der Anführer drehte die Sender in den Fingern, ließ sie dann fallen und zertrat sie. Diesmal war er es, der lachte und seine Männer stimmten ein. Er wandte sich an Sanderson und fuhr sarkastisch fort: „Netter Versuch. Hast du wirklich geglaubt, damit durchzukommen?"

„Wir hatten schon damit gerechnet, auch von euch entführt zu werden und haben uns entsprechend vorbereitet. Aber das Risiko mussten wir eingehen. So ist das nun mal mit uns Menschen, für unsere Freunde gehen wir jedes Wagnis ein", entgegnete Sanderson.

„Na prima, dann kannst du ja jetzt deinen Freunden Gesellschaft leisten. Für dich schlagen wir bestimmt noch was mehr raus. Ich werd' deinen Leuten schon klarmachen, dass der nächste Suchtrupp nur noch als

Leichen zurückkehrt. Da lang!" Mit dem Gewehr wies der Anführer bergauf und der ganze Tross setzte sich in Bewegung. Nach dieser kleinen Ansprache war jedenfalls völlig klar, dass die Soljaner sehr wohl wussten, wen sie mit Sanderson in ihre Gewalt gebracht hatten.

»Sollen sie sich darüber freuen. Je weniger misstrauisch sie sind, desto besser«, dachte Topaz.

»Ich bin ganz Ihrer Meinung«, kam prompt die Antwort von Fin.

Fast hätte Topaz gelächelt. Das funktionierte ja hervorragend. Sie war sich erst nicht sicher, ob sie diese Verbindung über Stunden würde aufrechterhalten können.

»Dann haben Sie alles mitbekommen?«, hakte die Handori nach.

»Ja habe ich«, bestätigte Fin.

Sie hatten den Bergkamm längst hinter sich gelassen und durchquerten eine kleine Schlucht, an deren Ende sich ein schmaler, offensichtlich natürlicher Weg den Berg hinaufschlängelte. Ungefähr auf halber Höhe lag ein Höhleneingang, dort hinein wurden sie getrieben. Sie gingen leicht bergab einen Gang hinunter, durchquerten zwei kleinere Höhlen, die als Vorratslager genutzt wurden, und erreichten dann den Eingang zu einer großen Höhle. Im Weitergehen versuchte Topaz, alles in sich aufzunehmen, damit die Eingreiftrupps einen möglichst umfassenden Eindruck bekamen. Auf der linken Seite gab es mehrere kleine Lagerfeuer, um die sich weitere Soljaner scharten. Am hinteren rechten

Ende der Höhle sah sie die Archäologen. Man wies sie an, sich auch dorthin zu begeben. Als sie nah heran waren, konnte Topaz erkennen, dass es eine etwas größere Nische in der Felswand gab, deren Zugang mit einem Kraftfeld gesichert war. Sie wurden zu den anderen gesperrt, die zwar sehr müde und schmutzig aussahen, aber ansonsten heil und gesund waren.

»Fin, haben Sie den Weg mitverfolgen können?«
»Ja«, kam die Antwort von der fernen Pioneer.
»Ich hatte das Gefühl, dass in der Schlucht Wachen verborgen sind. Jedenfalls konnte ich noch andere Lebensformen spüren«, ließ Topaz den Minkaraner wissen.
»Verstanden. Ich werde das sofort weitergeben. Es wird wohl langsam sehr anstrengend für Sie?«
»Das stimmt, aber ich werde die Verbindung trotzdem aufrechterhalten – jedenfalls solange es geht!«

Sanderson machte sich Sorgen um Topaz, die sehr müde und abgespannt aussah, aber leider konnte er ihr zurzeit nicht helfen. Er hoffte nur, dass die Eingreiftrupps unbemerkt bis hierher gelangten. Gasira würde zum Schein auf die Forderungen der Entführer eingehen und ihnen zwei Fahrzeuge avisieren, die die geforderten Gegenstände zum vereinbarten Treffpunkt bringen sollten. Natürlich würden die Soljaner annehmen, dass sie noch einen Versuch unternähmen, ihre Leute zu befreien. Also postierte man einige Sicherheitsleute zwischen den Gerätschaften. Die Landfahrzeuge der Pioneer waren so konzipiert, dass sie gewissermaßen einen doppelten Boden hatten. Die Fächer zwischen den beiden Böden waren groß genug, um einige Personen aufzunehmen, da dort üblicherweise Zelte und Gerätschaften für längere Landausflüge untergebracht waren. Dass sie sogar über kleine Lüftungsschlitze verfügten, kam ihnen jetzt zugute.

Ein zehn Mann starker Trupp Soljaner erwartete sie bereits am Treffpunkt. Die *versteckten* Sicherheitsleute ließen sich bereitwillig finden und wurden von den Soljanern zum Ausladen abkommandiert. Auch die beiden Fahrer mussten mit anpacken. Als sie alles ausgeladen und auf einem Fleck aufgetürmt hatten, überlegten die Soljaner lautstark, warum sie eigentlich selber all das Zeug schleppen sollten. Dabei sahen sie feixend zu den Sicherheitsleuten hinüber, die noch neben den Kisten standen. Keiner von ihnen achtete indes auf die Fahrzeuge, bei denen jetzt aus den Lüftungsschlitzen Waffenmündungen herauslugten. Die ersten Soljaner fielen wie gefällte Bäume um und noch ehe die anderen begriffen, was los war, trafen auch sie kleine Betäubungspfeile. Der eine oder andere wurde von einer Faust zu Boden geschickt. Rasch wurden sie gefesselt und geknebelt hinter den nächst größeren Felsen gelegt. Rijaak und Gasira hatten sich bereits auf der Karte Wege gesucht, die zwar mühsamer waren, ihnen dafür aber erst mal einen Blick in die Schlucht gewährten. So trennten sie sich jetzt und stießen mit ihren Trupps bis zu dieser vor. Topaz hatte ganz richtig vermutet, aber die Wachen fühlten sich in dem unwegsamen, leeren Gebiet völlig sicher und waren nicht sehr aufmerksam. Sie stellten überhaupt kein Problem dar für die geübten Sicherheitsleute der Pioneer. Damit hatten sie das Überraschungsmoment auf ihrer Seite, als sie plötzlich in der Höhle auftauchten. Die kleinen Betäubungspfeile taten auch hier ihre Wirkung und schon bald konnten die Archäologen und Sandersons Gruppe aus ihrer misslichen Lage befreit werden. Topaz hielt die Verbindung zu Fin noch aufrecht, bis sie alle wieder an Bord der Pioneer waren. Erst dort brach sie diese ab. Es wurde auch höchste Zeit, das Ganze hatte sie doch sehr angestrengt.

****

Die Fahrzeuge wurden in einem kleinen Hangar auf dem Frachtdeck geparkt. Natürlich mussten sie auch hier erst in eine Dekontaminationskammer, die aber wesentlich größer war und in der sie alle bequem Platz fanden. Sanderson setzte sich mit der Brücke in Verbindung und ordnete an, mit den Startvorbereitungen zu beginnen. Er setzte noch hinzu: „Und teilen Sie unserem Mr. Namenlos mit, wo er seine Spitzbuben finden kann. Wir wollen ja schließlich nicht, dass die da verdursten oder verhungern."

Topaz' Hände begannen zu zittern und sie dachte nur noch: »Oh nein, bitte nicht jetzt.« Aber das änderte natürlich nichts. Sie kannte das, auf diese Weise begannen immer ihre Anfälle. Bald schon bebte sie am ganzen Körper, sodass auch die anderen darauf aufmerksam wurden. „Verständigen Sie die Krankenstation, Commander", befahl Sanderson und stützte Topaz, die sich jetzt so heftig schüttelte, dass er Angst hatte, sie würde stürzen.

Dr. Ko'Shasi und zwei Pfleger warteten bereits mit einer Krankenliege vor der Kammer, als sich nach einigen Minuten die Tür öffnete.

Am liebsten wäre Ron mitgegangen, aber er hatte nun mal die Verantwortung für die ganze Mannschaft. Deshalb gab er dem Doktor nur die Anweisung, ihn auf dem Laufenden zu halten und eilte mit den anderen Offizieren auf die Brücke.

„Wir erhalten keine Starterlaubnis." Mit diesen Worten empfing Lieutenant Wang sie, um direkt danach anzufügen: „Das Büro des Premiers ruft uns. Die wollen tatsächlich mit uns sprechen, na sieh mal einer an."

„Dann wollen wir mal hören, was sie uns mitzuteilen haben", entschied Ron.

Augenblicklich stellte Lee die Verbindung her. Auf dem Schirm erschien Mr. Namenlos - wie Sanderson ihn genannt hatte - und sagte ohne Umschweife: „Captain, warum so eilig? Wir hätten da noch ein paar Fragen."

Jetzt reichte es Sanderson und ironisch erklärte er dem Soljaner: „Bedauere, wir haben momentan alle Hände voll zu tun und sind personell knapp besetzt", um dann in sachlichem Ton fortzufahren: „Sie haben jetzt genau eine Minute Zeit, um dem Kontrollzentrum Anweisung zu geben, uns starten zu lassen. Ansonsten wird ihre schöne Gangway mit allem was dranhängt leider etwas ramponiert."

Ronalds Gesichtsausdruck ließ keinen Zweifel aufkommen, dass er es Ernst meinte. Es dauerte dann auch nicht mal eine Minute und der Andockring, mit dem die Gangway am Schiff befestigt war, wurde gelöst. Mendéz ließ das große Schiff sanft nach oben schweben, legte dann aber zu. Er und alle anderen an Bord hatten das berechtigte Bedürfnis, möglichst schnell von hier zu verschwinden.

„Captain, die Krankenstation meldet, dass Miss Topaz den Anfall überstanden hätte und jetzt schläft." Lees Stimme verriet Verwirrung und er sah seinen Bruder

besorgt an. Als Sanderson bemerkte, dass auch Mendéz ihn fragend ansah, gab er eine kurze Erklärung.
„Aber sie wird doch wieder gesund, oder?", fragte Lee. Sanderson zuckte hilflos mit den Schultern und sagte bedrückt: „Ich weiß es leider nicht."

Auf dem Weg zur Krankenstation hatte sich Topaz' Körper immer heftiger geschüttelt. Kurz nachdem sie dort anlangten, ließen die Symptome allerdings langsam nach und schließlich hörte das Zittern ganz auf. Sichtlich erschöpft murmelte die Handori noch: „Jetzt ist es vorbei, ist immer so", dann schlief sie ein. Der Arzt hatte keinen Anhaltspunkt, um feststellen zu können, was diesen Anfall ausgelöst hatte. Aber offensichtlich kannte Topaz das. Er musste sich also wohl oder übel gedulden, bis sie erwachte. Schlaf war ohnehin das Beste, was ihm im Moment einfiel. Ihre Werte waren sehr schlecht und Ko'Shasi wusste nicht, ob das an der so lange aufrechterhaltenen telepathischen Verbindung lag oder an dem gerade überstandenen Anfall. Das teilte er auch Sanderson mit, als der auftauchte, um sich nach Topaz zu erkundigen. „Wir sollten sie schlafen lassen, Captain. Kommen Sie morgen früh wieder. Dann habe ich vielleicht auch erste Ergebnisse", schloss der Arzt seine Ausführungen.

Als Topaz erwachte, wusste sie im ersten Moment nicht, wo sie sich befand. „Guten Morgen. Wie fühlen Sie sich?" Sie blickte in die Richtung, aus der die Stimme gekommen war, und sah in das freundliche Gesicht von Dr. Ko'Shasi.

„Mein Kopf fühlt sich an, als ob ich mit einem Shuttle kollidiert wäre, aber sonst geht's mir gut", sagte sie leise.

„Gegen Ihre Kopfschmerzen können wir etwas unternehmen." Der Arzt nahm einen Injektor vom Medikamententisch, der neben dem Bett stand. „Bleiben Sie noch einen Moment liegen, das Mittel braucht einige Minuten, bis es wirkt."

Topaz schloss wieder die Augen, um die Wirkung des Mittels abzuwarten.

„Guten Morgen, Captain", hörte sie bald darauf den Arzt sagen.

Sanderson hatte eine unruhige Nacht hinter sich und als er heute Morgen frühzeitig wach wurde, beschloss er, noch vor dem Frühstück auf der Krankenstation vorbeizugehen. Topaz brachte nur ein genuscheltes „Guten Morgen" zustande, in ihrem Kopf tobte noch immer ein heftiger Schmerz. Nachdem Sanderson ebenfalls gegrüßt hatte, sah er den Arzt fragend an. „Doktor?"

„Sorry, ich bin genauso schlau wie gestern. Aber vielleicht kann Miss Topaz uns ja ein wenig weiterhelfen. Ich habe ihr gerade ein Schmerzmittel verabreicht, das müsste in ein paar Minuten wirken."

Der Arzt zog sich einen Hocker heran und Sanderson ließ sich – in Ermangelung einer anderen Sitzgelegenheit – auf dem Rand des Bettes nieder. Allmählich ebbte der Schmerz in Topaz' Kopf ab und hörte schließlich ganz auf. Sie richtete sich im Bett auf und schwang die Beine über den Rand. Noch ehe der Arzt fragen konnte, sagte Topaz: „Ich weiß, Sie hätten gerne eine Erklärung für das Geschehene. Sehen Sie, mein ganzes bisheriges Leben haben mich diese Anfälle begleitet. Sie kommen in unregelmäßigen Abständen und gehen immer genauso schnell, wie sie beginnen. Bisher konnte mir kein Arzt helfen."

Die Handori atmete tief durch. Sie musste es jetzt zulassen. Hier waren Leute, die ihr helfen wollten, die ihre Freunde waren. Sie konnte dies eine, was sie bisher immer noch tief in sich vergraben hatte, jetzt nicht mehr verdrängen und totschweigen. Also holte sie tief Luft und gestand: „Es gibt da etwas, das ich noch niemandem erzählt habe. Genauer gesagt, das ich bisher immer verdrängt habe, weil ich selber nicht daran denken mochte. Ich bin nicht im Haus von Dr. Sudir aufgewachsen, sondern in einem Verschlag in seinem Labor." Topaz sprach so leise, dass die beiden Männer sie kaum verstehen konnten. »Reiß dich zusammen«, befahl sie sich im Stillen und mit etwas lauterer Stimme fuhr sie fort: „Nach meiner ... meiner ...?" Auch nach all den Jahren wusste sie immer noch nicht, wie sie es nennen sollte und geriet erneut ins Stocken.

„Geburt", assistierte Ron.

Sie sah ihn von der Seite an und bedachte ihn mit einem kleinen dankbaren Lächeln, dann erzählte sie weiter: „Nach meiner Geburt präsentierte Dr. Sudir mich seiner Frau. Sagin war entsetzt über das, was er getan hatte. Jedenfalls sagte sie das in der Verhandlung. Dieses Kind, dem Sudir da zum Leben verholfen hatte, widerte sie an. Sie dachte lange darüber nach, was man mit mir anstellen sollte und wollte mich auf keinen Fall im Haus haben. Also wurde ich im Labor untergebracht und dann kam sie auf eine sehr bösartige – in ihren Augen allerdings hervorragende – Idee." Topaz musste mehrere Male schlucken, denn ein dicker Kloß saß ihr im Hals. Es dauerte einige Zeit, aber schließlich hatte sie sich wieder unter Kontrolle und konnte weiter berichten: „Sie hat mich zu Experimenten missbraucht. Ich weiß noch, dass ich oft sehr krank war, mich schlecht gefühlt habe und Schmerzen hatte. Ich nehme an, dass die Anfälle eine Folge dieser Experimente sind."

Topaz schwieg erschöpft. All die bösen, quälenden Erinnerungen, die sie jahrelang verdrängt und unterdrückt hatte, bahnten sich jetzt nach und nach einen Weg nach oben. Es war ein Horrorszenario, das da in ihrem Kopf ablief. Aber dazwischen auch immer wieder der Gedanke: »Das bist du nicht mehr! Du bist jetzt hier auf der Pioneer, unter Freunden.«

In den beiden Männern brodelte es. Sanderson hatte zum ersten Mal in seinem Leben den Wunsch, jemanden zu töten. Wenn Sagin jetzt vor ihm stünde, er hätte keinen Moment gezögert. Auch wenn das Topaz nicht helfen würde. Er sah sie an und konnte sich nur annähernd vorstellen, was in ihr gerade ablief. Sie saß neben ihm und hielt offensichtlich mühsam ihre Beherrschung aufrecht. Behutsam legte er den Arm um sie und zog sie an sich. Zum Teufel mit seinen Vorsätzen und den selbst auferlegten Prinzipien! Sie brauchte ihn und er liebte sie!

Topaz wehrte sich erst ein wenig, bis sie durch die Schreckgespinste der Vergangenheit in ihrem Kopf hindurch begriff, wer sie da an sich zog. Wie gut das tat, jemanden zu haben, dem man vertrauen konnte. So saßen sie eine ganze Weile und erst ein lautes Krachen, gefolgt von einem Scheppern, ließ die beiden auseinander fahren.

Dr. Ko'Shasi erging es nicht anders als Sanderson. Während Topaz' Erzählung öffneten und schlossen sich seine Hände in hilfloser Wut. Am liebsten hätte er diese Sagin damit erwürgt. Er wusste sehr wohl, dass es in fast allen Welten zu irgendeiner Zeit solch gewissenlose Ärzte gegeben hatte. Es machte ihn jedes Mal wütend, wenn er davon erfuhr, aber eine solche Wut wie jetzt hatte er noch nie verspürt. Es war eben doch ein Unterschied, ob man davon hörte oder ob man den Betroffenen persönlich kannte. Auch ein Arzt war nicht frei von solchen Gefühlsregungen. Als Ko'Shasi zur Liege sah und begriff, dass er hier im Moment nicht gebraucht wurde, sprang er auf und lief auf der Krankenstation herum. Es hatte fast den Anschein, als wolle er sich seine Wut von der Seele rennen, was allerdings nicht wirklich funktionierte. Da kam ihm ein Instrumententisch, der im Weg stand, gerade recht und Ko'Shasi verpasste diesem einen kräftigen Fußtritt.

Topaz und Sanderson sahen sich um und erblickten den Arzt, der vor dem umgekippten Medikamententisch kniete.

„Doc, ist alles in Ordnung?", fragte Sanderson

„Ja, es geht mir gut. Der blöde Tisch hier war im Weg", sagte Ko'Shasi und stand etwas schwerfällig auf.

Ron und Topaz gingen zu ihm hinüber und stellten den umgekippten Tisch wieder auf. Während die drei die herumliegenden Utensilien aufsammelten, machte der Doktor mehrfach Anstalten, Topaz etwas zu fragen. Es fiel ihm sichtlich schwer, aber es musste sein und schließlich fing er stockend an: „Miss Topaz, normalerweise zeichnen Wissenschaftler den Hergang und die Ergebnisse ihrer, na ja, ihrer Experimente auf." Betreten sah Ko'Shasi auf seine Schuhe und dachte: »Verdammt, das ist gar nicht so einfach, aber wenn ich ihr helfen will, brauche ich diese Aufzeichnungen.« Er blickte die Handori wieder an und sagte: „Ich würde Ihnen gerne helfen, aber dazu muss ich Genaueres darüber erfahren, was diese Frau mit Ihnen angestellt hat."

Topaz nickte. „Ich verstehe. Ja, es gibt solche Aufzeichnungen. Im Verfahren gegen die beiden war davon die Rede. Ich erinnere mich auch, dass man Sagin gesagt hat, sie solle diese Notizen dem Büro des Premierministers übergeben. Natürlich habe ich daran gedacht, dass man mir mit den Aufzeichnungen helfen könnte. Ich habe sogar einmal einen ziemlich halbherzigen Versuch unternommen, diese zu bekommen. Allerdings hieß es, man könne mir nicht weiterhelfen, und ich hatte einfach nicht den Mut, weiter nachzuhaken oder gar Sagin selber zu fragen." Jetzt war sie es, die betreten nach unten sah. „Ich war überhaupt ziemlich feige", fügte sie leise hinzu.

„Sie und feige?" Verständnislos sah der Arzt sie an.

„Oh ja, Doktor. Die Topaz heute und die von früher sind zwei verschiedene Frauen. Auf Handor habe ich immer so gelebt, dass ich möglichst nicht auffalle", gab

Topaz zu und setzte in Gedanken für sich hinzu: »Und auch noch einige Zeit danach. Denk an die ersten Wochen deiner Flucht.«

„Vermutlich hat Sagin noch eine Kopie der Aufzeichnungen behalten", überlegte Ko'Shasi laut. „Captain, können wir nicht …"

„Und ob, Doc, wir können und wir werden nach Handor fliegen. Oder spricht irgendetwas dagegen?", wandte er sich an Topaz.

Sie sah ihm in die Augen und schüttelte den Kopf. „Nein. Nichts. Diesmal werde ich mich auch ganz bestimmt nicht abwimmeln lassen. Außerdem habe ich ja jetzt Verstärkung dabei oder?"

„Ja, allerdings. Und wenn es nach mir geht, sollte das auch so bleiben."

Ron nahm sie in den Arm und drückte sie sanft an sich.

Als der Arzt die beiden beobachtete, fiel ihm siedend heiß etwas ein und er eilte zum nächsten Medikamentenschrank, dem er einen Injektor entnahm.

„Verzeihen Sie bitte, ich mische mich ja sonst nicht in die persönlichen Angelegenheiten der Besatzungsmitglieder ein. Aber Sie sollten im Moment auf keinen Fall schwanger werden, Miss Topaz, und ich weiß beim besten Willen zurzeit nicht, wie ich das bei Ihnen verhindern könnte. Also …", damit wandte er sich an den Captain und schwenkte den Injektor vor dessen Gesicht. Sanderson verstand, nickte und schob den Ärmel seiner Uniformjacke nach oben, damit der Doktor ihm das Verhütungsmittel injizieren konnte.

****

„Ich wünschte, ich könnte dir helfen", bemerkte Ronald und setzte hinzu: „Und damit meine ich nicht den Flug nach Handor." Sie standen sich in Topaz' Quartier gegenüber. Während sie im Bad gewesen war, um sich frisch zu machen, hatte Sanderson der Brücke Anweisung erteilt, Kurs auf Handor zu setzen.

„Ron, du hast mir schon geholfen. Du und alle anderen hier an Bord. Zum ersten Mal bin ich bereit, meine gesamte Vergangenheit aufzuarbeiten, und das kann ich nur deshalb, weil ich hier unter Freunden bin. Ich weiß, das ist etwas unzulänglich ausgedrückt. Verstehst du trotzdem, was ich sagen will?" Als er nickte, trat sie noch einen Schritt näher auf ihn zu. „Gut, aber da ist noch etwas: Ich habe mich in den Captain dieses Schiffes verliebt. Glaubst du, er hat etwas dagegen, wenn ich an Bord bleibe?"

„Kann ich mir nicht vorstellen, der Kerl hat sich nämlich auch unsterblich in dich verliebt." Mit diesen Worten zog er sie an sich und küsste sie. Als sich ihre Lippen wieder trennten, atmeten beide schwer.

Noch etwas atemlos sage Topaz: „Ich muss dir da noch was erzählen. Du solltest das wissen, bevor wir Handor erreichen."

„Noch mehr Unangenehmes?"

„Ja schon, aber mit einem guten Ausgang."

„Okay, dann erzähl es mir beim Frühstück. Einverstanden? Ich brauche nämlich jetzt dringend einen Kaffee und was zu essen. Außerdem werde ich dir dann zur

Abwechslung auch mal was erzählen. Damit du es von mir und nicht von jemand anderem erfährst."

„Du machst mich neugierig."

„Erst Frühstück", sagte er bestimmt, legte den Arm um ihre Taille und beförderte sie mit sanftem Schwung zur Tür hinaus.

In der Messe empfing sie der herrliche Duft von frisch aufgebrühtem Kaffee. Topaz hatte dieses Getränk in den letzten Tagen schätzen gelernt.

„Wir sind wohl noch etwas zu früh", stellte Ron mit einem Blick auf den leeren Raum und das noch nicht ganz aufgebaute Frühstücksbuffet fest.

„Oh, guten Morgen. Ich bin fast fertig und muss nur noch einige Kleinigkeiten auf das Buffet stellen. Wenn Sie sich mit dem begnügen, was schon da steht."

Ayoub, die Köchin, die heute Morgen Dienst hatte, stammte von Okinda. Sanderson hatte seinerzeit auch bei der Auswahl der Köche nichts dem Zufall überlassen und bewusst solche ausgesucht, die nicht nur irdische Speisen, sondern auch diverse außerirdische gut und schmackhaft zubereiten konnten. Ayoub hatte schon auf verschiedenen Planeten Erfahrungen gesammelt, bevor sie sich um eine Stelle auf der Pioneer bewarb. Während Ron und Topaz sich am Buffet bedienten, verschwand die Köchin in der Küche. Kurze Zeit später schwang die Küchentür wieder auf und Ayoub brachte eine kleine Platte mit Rührei, die sie den beiden hinstellte.

„Danke sehr. Es wäre aber nicht nötig gewesen, das extra für uns zu machen", stellte Sanderson fest.

„Doch Captain, das war es", entgegnete die Köchin mit einem bedeutungsvollen Seitenblick auf Topaz.

Die Handori bekam rote Flecken im Gesicht und sagte verlegen: „Danke sehr."

Ayoub verschwand wieder Richtung Küche und die beiden machten sich über ihr Frühstück her.

„Ron, wenn ich jetzt hier an Bord bleibe, dann würde ich auch gerne arbeiten. Ich kann schließlich nicht nur herumsitzen und nichts tun. Wenn es möglich ist, würde ich gerne …"

„…im Park arbeiten", vollendeten beide gemeinsam den Satz und mussten lachten.

„Von mir aus gerne. Wenn Minds dich brauchen kann, habe ich keine Einwände", erklärte Sanderson.

„Gut, dann werde ich nachher mit ihm sprechen", entschied Topaz.

„Ja, aber denk dran, dass du dich noch ein paar Tage ausruhen sollst", ermahnte Ron sie.

„Mach dir keine Sorgen, das werde ich", versprach die Handori und fragte dann: „Hast du nicht vorhin gesagt, du wolltest mir zur Abwechslung auch mal was erzählen?"

„Ja richtig", bestätigte er und erzählte dann von Susan und ihrem unrühmlichen Abgang. „Nach dieser Geschichte hatte ich mir geschworen, Entscheidungen nie wieder von meinen Gefühlen abhängig zu machen. Deshalb war ich am Anfang auch so zurückhaltend. Bitte versteh mich nicht falsch. Ich weiß sehr wohl, dass du ganz anders bist. Aber – na ja, auf der Erde sagt man, ich konnte nicht so einfach über meinen Schatten springen. Verstehst du, was ich meine?"

„Ja, ich glaube schon", bestätigte sie nickend.

„Ach übrigens, beim Stichwort Erde fällt mir ein: Dein Name ist bei uns die Bezeichnung für einen Edelstein."

„Wirklich?", fragte sie etwas ungläubig und als er nickte, fuhr sie hocherfreut fort: „Ich glaube, das gefällt mir. Ja, das gefällt mir sogar sehr!"

Der Raum hatte sich nach und nach mit Crewmitgliedern gefüllt und Topaz beugte sich deshalb leicht nach vorne, um Ron zuzuflüstern: „Glaubst du, die Disziplin der Mannschaft bricht zusammen, wenn ich ihren Captain jetzt küsse?" Sie wartete eine Antwort erst gar nicht ab und gab ihm einen Kuss. „Na bitte, alles noch so wie vorher. Du hast eine gute Mannschaft." Die so Gelobten schauten geflissentlich auf ihre Teller oder taten sehr beschäftigt, obwohl jeder im Raum mitbekommen hatte, was da soeben geschehen war.

Lee, der sich gemeinsam mit Hazy gerade das Frühstück geholt hatte, haute diesem seinen Ellbogen vor lauter Freude so fest in die Rippen, dass der Ärmste gequält aufheulte. Mit um Entschuldigung heischendem Blick sah Lee ihn an, was Hazy dazu veranlasste, einzulenken. „Schon gut, ich freu mich ja auch für die beiden. Aber könntest du bitte etwas zarter mit mir umgehen? Außerdem besorgst du mir jetzt ein neues Frühstück!"

Sein Mann schaute ihn zunächst nur fragend an, aber als sein Blick auf Hazys Tablett fiel, sah Lee die Bescherung. Das Glas mit Saft war umgekippt und jetzt schwamm das gesamte Frühstück in der orangefarbenen Brühe. „Na ja, ich weiß gar nicht, was du hast, erspart dir doch das Kauen", frotzelte Lee.

Hazy drückte ihm sein Tablett in die Hand und wuschelte mit der Hand durch Lees Haar. „Ich will ein neues Frühstück, klar? Ich schnapp mit jetzt dein Tablett und setz mich schon mal, während du deinem lieben Mann ein leckeres neues Frühstück besorgst."

„Ist ja schon gut", brummelte Lee und zockelte zurück zum Buffet.

„Darf ich?", fragte Hazy, als er am Tisch von Ron und Topaz angekommen war.

Ron sah Topaz fragend an, denn eigentlich hatte sie ihm ja noch was erzählen wollen. Er war sich nicht sicher, ob das auch für die Ohren von Lee und Hazy bestimmt war. Aber Topaz nickte und sagte: „Aber ja, wo ist Lee?"

„Der holt mir ein neues Frühstück, nachdem er das Glas O-Saft drüber gekippt hat", erklärte Hazy.

Es dauerte auch gar nicht lange und Lee kam mit einem ziemlich vollbeladenen Tablett zum Tisch, das er vor Hazy abstellte.

„Das soll ich alles essen?", fragte Hazy entsetzt.

„Nein, ein bisschen was ist noch für mich", erwiderte Lee grinsend.

„Vielfraß!", kam prompt die Antwort seines Mannes.

Topaz biss sich auf die Lippen, um nicht laut zu lachen. Ron hingegen sah seinen Bruder von der Seite an und meinte dann: „Hast du deinen Kamm heute morgen nicht gefunden?"

„Doch, schon. Aber mein werter Herr Gemahl kann manchmal seine Finger nicht da behalten, wo sie hingehören", antwortete Lee mit einem liebevollen Blick auf Hazy. Dieser beugte sich dann auch prompt über den Tisch, fuhr ein paar Mal mit den Händen durch Lees Haar und erklärte stolz: „Jawohl, so geht's. Nu kann keiner mehr meckern."

Jetzt konnte Topaz doch nicht mehr an sich halten und lachend meinte sie: „Ihr beiden seid wirklich einmalig."

Lee sah sie grinsend an: „Gewöhn dich besser dran, du kriegst nämlich nicht nur dieses Riesenbaby", damit zeigte er auf Ron, „sondern auch gleich uns zwei Verrückte dazu. Das Ganze nennt sich dann Familie."

„Also ich würde sagen, damit kann ich sehr gut leben", antwortete sie munter.

Topaz holte sich und Ron noch einen Kaffee und als sie wieder am Tisch saß, erzählte sie den drei Männern von Loran und ihrer Flucht von Handor. Sie schloss ihre Erzählung mit den Worten: „Ich hätte Handor wohl schon viel früher den Rücken kehren sollen." Dann sah sie Ron an: „Andererseits: wer weiß, ob ich dir dann je begegnet wäre."

„Tja, das weiß ich auch nicht", sagte Ron und strich sich mit der Hand übers Kinn. „Aber du warst zum richtigen Zeitpunkt am richtigen Ort und das hat dich gerettet."

„Und bei deiner Flucht hattest du einen Schutzengel", ließ sich Hazy vernehmen.

Ron blickte auf die Uhr und stellte fest, dass es Zeit war für die tägliche Offiziersbesprechung. Als er und Lee sich erhoben, stand auch Topaz auf.

Ronald hatte ihr vorhin auf dem Weg in ihr Quartier erzählt, dass er seine Offiziere eigentlich immer detailliert über anstehende Vorhaben informiere, allerdings wäre es bisher noch nie um derart persönliche Dinge wie jetzt gegangen. Topaz verstand durchaus, in welchem Zwiespalt er steckte. Einerseits wollte er seine Offiziere nicht im Unklaren lassen über die anstehende Mission, andererseits waren sie auf der Suche nach sehr persönlichen Unterlagen, die noch dazu ausgerechnet die Frau betrafen, die er liebte. Deshalb sagte sie ihm: „Sie sollten auch diesmal informiert werden." „Über alles?" Als sie nickte, konnte sie spüren, wie erleichtert er war und schlug vor: „Ich werde ihnen selber alles erzählen."

Fast zeitgleich mit den Dreien trafen auch die anderen ein und als alle Platz genommen hatten, eröffnete Sanderson die Besprechung mit den Worten: „Bevor wir die Berichte aus den einzelnen Abteilungen erörtern, möchte ich auf eine neue Mission zu sprechen kommen. Wir haben den Kurs geändert und fliegen nach Handor." Die im Raum anwesenden Offiziere sahen sich fragend an. Einzige Ausnahme war der Doktor, der ja schon Bescheid wusste. Aber bevor noch jemand etwas sagen konnte, fuhr Sanderson fort: „Miss Topaz wird Ihnen jetzt die näheren Einzelheiten erläutern."

Topaz berichtete alles, was sie Sanderson und Ko'Shasi bereits auf der Krankenstation erzählt hatte. Sehr gefasst trug sie das Ganze diesmal vor, ließ zwar die Bilder in ihrem Kopf zu, aber nicht, dass diese sie beherrschten. Sie war sich durchaus bewusst, dass dies nur einen kleinen Sieg bedeutete, aber es war immerhin ein Fortschritt. Vorhin auf der Krankenstation hatte sie aufgrund ihrer eigenen aufgewühlten Gemütslage niemand anderen spüren können. Jetzt aber entging ihr die Wut der Anwesenden nicht. Zudem schlug Rijaak seine geballte Faust mit Wucht auf die Tischplatte. In den Gesichtern der anderen Offiziere arbeitete es.

Gasira war die erste, die sich soweit gefangen hatte, dass sie sprechen konnte. „Ich habe schon von so etwas gehört. Ich weiß auch, dass es früher auf der Erde solche gewissenlosen Ärzte gab." Sie holte tief Luft, blickte zu Topaz hinüber und gestand: „Aber ich weiß nicht, was ich Ihnen sagen soll. Ehrlich, ich bin ..." Sie brach ab und machte eine etwas hilflose Bewegung mit den Händen.

„Sie müssen mir gar nichts sagen, keiner von Ihnen. Ich wollte Ihnen das alles selber erzählen, weil ich Sie als meine Freunde betrachte. Es existieren Aufzeichnungen von diesen Experimenten und die brauchen wir, damit der Doktor mich behandeln kann. Deshalb fliegen wir nach Handor. Aber ich habe keine Ahnung, was uns erwartet, schließlich war ich sehr lange nicht dort. Zudem weiß ich auch noch nicht, wie und ob wir an diese Unterlagen kommen."

„Die kriegen wir und wenn ich jeden, der sie haben könnte, auf den Kopf stellen und durchschütteln muss, bis sie rausfallen. Wir kriegen diese Unterlagen, verlassen Sie sich drauf", sagte Rijaak in grimmiger Entschlossenheit und die anderen nickten zustimmend.

„Damit wäre diese Angelegenheit besprochen. Alles Weitere erörtern wir kurz vor unserer Ankunft auf Handor", erklärte Sanderson.

Topaz verabschiedete sich und ging schnurstracks zum Park. Sie sah sich suchend um und fand Minds in den Rosenbeeten. Der Gärtner hörte mit Vergnügen, dass sie ihm fortan im Park zur Hand gehen wollte. Da sie sich allerdings auf Anweisung des Doktors noch ausruhen sollte, verabredeten sich die beiden für den übernächsten Tag. Die Handori verabschiedete sich von Minds und machte einen Spaziergang durch den Park. Schließlich ließ sie sich auf einer Bank nieder, von der man auf den See und den Wasserfall schauen konnte, und dachte über die Geschehnisse der letzten Stunden nach. Sie schwor sich, von nun an nichts mehr zu verdrängen, sondern den eingeschlagenen Weg konsequent weiterzuverfolgen. Als Ron sie Stunden später suchte, saß sie noch immer tief in Gedanken versunken auf der Bank.

„Dachte ich mir doch, dass ich dich hier finde." Rons Stimme ließ sie hochfahren. „Entschuldige, ich wollte dich nicht erschrecken." Schuldbewusst sah er sie an, lächelte spitzbübisch und sagte: „Das muss ich wohl wieder gutmachen. Wie wär's mit einer privaten Führung durch mein Quartier?"

Das ließ sie sich nicht zweimal sagen und folgte dieser Einladung nur allzu gerne. In seiner Unterkunft angekommen, zog Ron seine Uniformjacke aus und streifte das Kom-Gerät vom Handgelenk. Mit den Worten „jetzt bin ich ganz privat und gehöre dir" zog er sie in seine Arme. Als sie nach einem leidenschaftlichen

Kuss wieder etwas zu Atem gekommen waren, flüsterte er ihr zu: „Wie wär's, möchtest du dir den Rest meiner Unterkunft ansehen?" Sie nickte nur und eng umschlungen und sich immer wieder küssend gingen beide ins Schlafzimmer. Immer leidenschaftlicher wurden ihre Küsse. Sie zogen sich gegenseitig aus und ließen sich dann aufs Bett fallen. Topaz, die schon einige Erfahrungen mit fremden Spezies hatte, hieß Ron mit einer sanften Handbewegung inne zu halten. „Warte bitte. Muss ich irgendwas beachten? Gibt es irgendetwas, dass man bei menschlichen Männern nicht tun sollte?", fragte sie. Ron schüttelte den Kopf. Er hatte bisher noch nie mit einer Außerirdischen geschlafen, aber er verstand ihre Frage durchaus richtig. „Und bei dir?" Als auch sie den Kopf schüttelte, gaben sie sich ihren Zärtlichkeiten hin. Sie erkundeten gegenseitig ihre Körper und als sie es vor Erregung nicht mehr aushielten, drang er sanft in sie ein und brachte sie beide zum Höhepunkt. Sie vergaßen alles um sich herum und liebten sich einige Male an diesem Nachmittag. Erst nach Stunden schliefen sie eng umschlungen ein.

Noch am gleichen Abend zog Topaz in Rons Quartier und die beiden genossen jede Minute, die sie zusammen verbringen konnten. Topaz merkte sehr schnell, dass Ron Wert darauf legte, zwischen dem Privatmann Ronald Sanderson und dem Captain zu unterscheiden. Wenn sie mit Freunden zusammen saßen oder mit Lee und Hazy, dann ging er freundschaftlich und locker mit den Anderen um. Sobald es sich allerdings um dienstliche Belange handelte, war er ganz der Vorgesetzte.

Auch wenn sich im Laufe der Zeit eine gewisse Vertrautheit innerhalb der Mannschaft eingestellt hatte und Sanderson jederzeit bereit war, sich Vorschläge und Meinungen seiner Untergebenen anzuhören, die letztendliche Entscheidung traf er und die Mannschaft setzte sie um. Topaz bewunderte die Crewmitglieder dafür, dass sie das offenbar reibungslos hinbekamen; denn ihr fiel die Unterscheidung nicht immer leicht.

Nach zwei Tagen hatte sie die Arbeit im Park aufgenommen. Minds ließ sie am ersten Arbeitstag ein kleines Beet anlegen. Nach einer Stunde kam er wieder, um sich das Ergebnis anzuschauen, das ihm außerordentlich gut gefiel. Von da an sagte er ihr nur noch, was zu tun sei und ließ sie arbeiten. Wenn Topaz irgendetwas wissen wollte, würde sie schon fragen. Es machte ihr Spaß, in diesem Park zu arbeiten. Zum einen konnte sie ihrer Phantasie und Kreativität freien Lauf lassen, zum anderen hatte auch niemand etwas dagegen einzuwenden, wenn sie während der Arbeit ein paar Worte mit Besuchern wechselte.

Topaz hatte von Anfang an das Gefühl, dass sie hierher gehörte und das nicht etwa, weil sie Rons Lebensgefährtin war. In den ersten Tagen, als sie noch zu Besuch auf der Pioneer war, hatten alle an Bord sie freundlich und herzlich empfangen und es hatten sich erste Freundschaften angebahnt. Nachdem Topaz so selbstlos an der Befreiung der Crewmitglieder mitgewirkt hatte, veränderte sich dies unmerklich. Von diesem Moment an war sie eine von ihnen – ein Mitglied dieser Mannschaft. Einige der Freundschaften aus den ersten Tagen verfestigten sich im Laufe der Zeit; andere blieben einfach nur lose Bekanntschaften. Ob es daran lag, dass er zu den befreiten Archäologen gehörte oder ihr Schwager war, wusste sie nicht, aber mit Hazy verband sie innerhalb einer sehr kurzen Zeitspanne eine besonders innige Freundschaft. Die beiden verbrachten oft ihre Freizeit miteinander, wenn Ron und Lee Dienst hatten. Ron war sehr glücklich darüber, dass Topaz sich so gut in die Crew integrierte.

An Bord gab es eine Band, in der auch Ron und Lee mitspielten. Als Ron ihr davon erzählte, sah sich Topaz verwundert im Quartier um und fragte: „Wo ist denn dein Instrument?"

„Das Klavier, das auf der Bühne am See steht", antwortete er lachend.

„Heißt das, ihr spielt dort?"

„Ja, wir proben dort", bestätigte Ron. „Du kannst gerne zuhören, wenn du möchtest. Heute Nachmittag zum Beispiel."

Topaz liebte Musik und hörte der Band gerne zu. Lee spielte den Bass und auch Ayoub war mit von der Partie. Sie spielte Gitarre und sang. Die anderen Bandmitglieder kannte Topaz nur flüchtig. Schon bald konnte sie die Texte mitsingen, denn die Songs gefielen ihr ausnehmend gut. Ron hatte ihr erklärt, dass diese Musik aus den 1970er Jahren der Erde stammte. Auch Hazy fand sich des Öfteren zu den Proben ein, um die Band spielen zu hören. Eines Tages war er unbemerkt hinter Topaz getreten, die gerade wieder mitsang. „Donnerwetter, das klingt ja richtig gut", entfuhr es ihm überrascht. Topaz hörte abrupt auf zu singen und wirbelte herum. Hazy grinste sie an. Als die Band eine

Pause einlegte, rief er ihnen zu. „He Leute, hattet ihr nicht gesagt, ihr wolltet jemanden für den Gesang haben?"

„Ja, wäre schön. Dann könnte ich mich mehr aufs Gitarrenspiel konzentrieren. Willst du bei uns einsteigen?" Ayoub sah Hazy hoffnungsvoll an.

„Nein, ich nicht. Aber wie wär's mit Topaz?"

Diese sah ihn entrüstet an. „Bist du verrückt? Ich kann doch nicht ..."

„Wieso nicht? Du bist gut. Probier's doch wenigstens", versuchte er, sie zu überreden.

Alle sahen sie so erwartungsvoll an, dass sie sich nicht länger bitten ließ und einen Versuch wagte. Zunächst wollte es nicht so recht klappen, aber sie gab nicht auf und übte fleißig. Kurze Zeit später stellte Topaz überrascht fest, dass sie richtig gut geworden war.

Aber dann kamen die Schwindelanfälle! Das erste Mal passierte es während der Arbeit. Sie hatte Rosen gepflanzt und sich zu schnell wieder aufgerichtet, dachte sie jedenfalls. Deshalb nahm sie den leichten Schwindel, der sie erfasste, auch nicht ernst. Topaz hätte es wirklich besser wissen sollen! Als diese Anfälle immer häufiger auftraten und schlimmer wurden, ging sie beunruhigt auf die Krankenstation. Dr. Ko'Shasi stellte fest, dass sich ihre Werte drastisch verschlechtert hatten. Der Arzt wusste rein gar nichts von der Handori-Physiologie, schon allein deshalb konnte er hier nicht viel ausrichten und die Experimente, denen Topaz als Kind ausgesetzt war, hatten sicherlich auch ihre Spuren hinterlassen. Die immer wiederkehrenden Anfälle zeugten davon. Es lag also nahe, dass auch die jetzige Situation darauf zurückzuführen war. Es gab nur eins: Sie mussten so schnell wie möglich Handor erreichen und Sanderson ließ die Geschwindigkeit auf Maximum erhöhen.

Der Doktor hatte Topaz geraten, sich zu schonen, in der Hoffnung, damit die Schwindelanfälle möglichst gering zu halten. Diese Rechnung ging nicht ganz auf, denn es kam durchaus vor, dass Ron sie bewusstlos in ihrem Quartier fand, wenn er vom Dienst zurückkehrte. Eigentlich hätte sie auf die Krankenstation gehört, aber sie lehnte das kategorisch ab. Im Gegenteil, sie bestand sogar darauf, sich an den Exkursionen auf Handor zu beteiligen. Als Sanderson Einwände dagegen erhob, erklärte sie ihm mit Nachdruck: „Ron bitte, es geht doch um mich und meine Angelegenheiten. Ich muss da einfach mit. Ich schäme mich heute dafür, dass ich das nicht längst getan habe. Schließlich hatte ich lange genug die Gelegenheit dazu."

Er nahm ihre Hände, drückte sie sanft und antwortete: „Schon gut, ich verstehe dich ja. Wenn ich an deiner Stelle wäre, würde ich auch nicht auf dem Schiff sitzen und Däumchen drehen. Aber es sollte nicht zu anstrengend für dich werden." Man brauchte wahrlich keine telepathischen Fähigkeiten, um seine Besorgnis zu erkennen.

Kurz bevor sie Handor erreichten, beraumte Sanderson eine erneute Besprechung an, an der natürlich auch Topaz teilnahm. Ein Team würde das Gespräch mit dem Premierminister führen, während ein zweites versuchte, Sagin ausfindig zu machen.

Ron hatte sich bereits Gedanken dazu gemacht und bestimmte: „Doktor, Sie werden das Team anführen, das Sagin sucht. Ihre Teammitglieder dürfen Sie selber aussuchen, außer Rijaak und Topaz. Die beiden werden mich begleiten."

„Miss Topaz sollte eigentlich nicht mitgehen", hob der Arzt an, wurde aber sofort von der Handori unterbrochen, die mit Bestimmtheit sagte: „Ich will und ich werde mitgehen Doktor. Schließlich geht es hier um mich."

Als Ko'Shasi ihre Entschlossenheit sah, nickte er verstehend und erhob keine weiteren Einwände.

„Ich würde Sie gerne begleiten, Doktor. Und Hazy auch, hat er mir extra heute Morgen aufgetragen", sagte Lee, wandte sich dann an Sanderson und setzte hinzu: „Sofern du nichts dagegen hast."

„Ich wüsste keinen Grund, warum ich Hazy dies verwehren sollte. Doktor?", antwortete Sanderson.

Der Arzt nickte nur zustimmend mit dem Kopf.

„Sie sollten zunächst zur Meldestelle fahren. Dort gibt es ein öffentlich zugängliches Melderegister, in dem jeder Bewohner eingetragen ist. Wenn Sagin noch auf Handor lebt, können Sie sie darüber ausfindig machen", erklärte Topaz. „Aber seien Sie bitte vorsichtig. Ich habe keine Ahnung, wie gefährlich diese Frau wirklich ist, weil ich die Geschehnisse nur mit den Augen des Kindes sehe, das ich damals war."

„Wir kriegen das schon hin, machen Sie sich keine Gedanken", beruhigte Ko'Shasi sie.

Einige Stunden später erreichten sie ihr Ziel. Als alle Anflugformalitäten erledigt und sie sicher im Raumhafen gelandet waren, machte sich das Team um Dr. Ko'Shasi sofort auf den Weg. Sanderson setzte sich mit dem Büro des Premierministers in Verbindung und erbat für sich und zwei Begleiter eine Unterredung. Topaz war während des Gesprächs mit dem Adjutanten des Premiers auf der Brücke, hielt sich aber im Hintergrund.

Als er das Gespräch beendet hatte, drehte sich Sanderson zu ihr um und fragte: „Wie häufig ist eigentlich der Name Loran auf Handor?"

Sie lächelte und erklärte: „Schon sehr häufig. Aber du hast völlig recht, wenn du annimmst, dass der Adjutant genau jener Loran ist."

„Entschuldigung, ich möchte ja nicht neugierig sein, aber gibt es da irgendetwas, das ich noch wissen sollte, bevor wir aufbrechen?", erkundigte sich Rijaak und Topaz erklärte ihm dann in Kurzfassung, was es mit Loran auf sich hatte. „Verstehe, dann werde ich mal ein bisschen auf Sie acht geben. Wer weiß, was der feine Herr sich ausdenkt, wenn er Sie so plötzlich wiedersieht."

****

Ko'Shasi, Lee und Hazy fuhren mit dem zweiten Fahrzeug zunächst zur Meldestelle, um die jetzige Anschrift von Sagin herauszufinden, und stellten fest, dass sie tatsächlich noch auf Handor lebte. Das örtliche Verkehrsleitsystem, in das sie sich eingeklinkt hatten, navigierte sie zügig zu der angegebenen Adresse. Still und mit zugezogenen Vorhängen lag das Haus da. Alles Klingeln und Klopfen war vergeblich, es war offensichtlich niemand zuhause. Lee sprach einen Passanten auf Dr. Sagin an.

„Wer will das wissen?", fragte der Mann misstrauisch. Eingedenk Topaz' erster Reaktion, als sie die Erde erwähnten, nannte Lee seinen Namen und setzte hinzu: „Vom Erdenschiff Pioneer." Damit traf er genau ins Schwarze, denn plötzlich wurde der Handori leutselig. „Na ja, die feine Dame habe ich schon seit ein paar Tagen nicht mehr gesehen, ist vielleicht wieder abgehauen mit ihrem neuen Freund." Lee wartete geduldig auf die Fortsetzung, die dann auch prompt kam. „Das ist so'n Außenweltler, dunkle Haut, ach was Haut, eher Leder, keine Haare und ziemlich unfreundlich. Mit dem ist sie vor ein paar Wochen angerauscht gekommen. Hat sich keinem vorgestellt und tat immer sehr geheimnisvoll." Hier brach der Handori dann allerdings abrupt ab und meinte nur noch: „Ich muss jetzt aber wirklich weiter." Damit ließ er Lee einfach stehen und ging eilig seines Weges.

Die drei Besatzungsmitglieder der Pioneer sahen sich an und Hazy sprach als erster aus, was sie alle dachten: „Klingt verdammt nach einem Soljaner. Es sei denn, es gibt noch mehr Spezies mit lederartiger dunkler Haut, die noch dazu keine Haare haben und unfreundlich sind. Aber das wage ich denn doch zu bezweifeln." Er sah zu dem Haus hinüber und murmelte: „Ob die wohl abgeschlossen haben?"

Die drei waren hin und her gerissen. Einerseits war Einbruch nicht ihr Stil, andererseits ging es hier um Topaz' Gesundheit. Als Lee und Hazy ihn ansahen, wurde sich Ko'Shasi bewusst, dass letztendlich er als Leiter des Teams die Entscheidung darüber treffen musste, was sie weiter unternahmen. Sollten sie wirklich unverrichteterdinge zum Schiff zurückkehren? Das Bild der in ihrem Quartier bewusstlos auf dem Boden liegenden Topaz schob sich vor sein geistiges Auge. Er nickte wie zur Bestätigung seines Entschlusses und murmelte: „Also gut. Ich weiß, wir sollten das nicht tun, aber ..." Ohne den Satz zu vollenden ging er entschlossenen Schrittes auf das Haus zu. Lee und Hazy folgten ihm. An der Haustür angekommen, ließ der Arzt Lee den Vortritt und unter dessen geschickten Händen blieb die Tür nicht lange verschlossen. Sie durchstreiften alle Räume, fanden aber nur einige zurückgelassene Kleidungsstücke und Lebensmittel. Sämtliche Möbelstücke und auch der Fußboden waren mit einer dicken Staubschicht bedeckt. Die Bewohner dieses Hauses waren gewiss schon länger nicht mehr hier gewesen. Lee durchsuchte erfolglos die gespeicherten Dokumente auf dem Computer, der in einem der Zimmer auf dem Schreibtisch stand. Aber er hatte auch nicht ernsthaft damit gerechnet, die Aufzeichnungen darauf zu finden. Die hatte Sagin garantiert mitgenommen. Es würde ja auch keinen Sinn ergeben, diese Unterlagen unbeaufsichtigt und für jedermann zugänglich hierzulassen.

Als Sanderson, Topaz und Rijaak am Regierungsgebäude ankamen, erwartete Loran sie bereits in der Empfangshalle. Als er sah, wen Sanderson da im Gefolge hatte, stutzte er für einen Moment, hatte sich allerdings sofort wieder unter Kontrolle. Aber den Dreien war die Reaktion trotzdem nicht entgangen und die beiden Männer nahmen Topaz unbewusst in die Mitte. Sie wurden sofort in die Amtsräume des Premierministers geführt. Dieser kam jovial lächelnd auf sie zu, um sie zu begrüßen, hielt aber abrupt inne, als sein Blick auf Topaz fiel. „Was macht sie hier?", presste er zwischen den Zähnen hervor. Sanderson, der auf eine solche Reaktion gefasst war, stellte ganz gelassen sich und seine Begleiter vor. Der Regierungschef fing sich wieder einigermaßen und stellte nun seinerseits sich und seine Tochter Lodi vor. Ohne Luft zu holen, fuhr er fort: „Sie können sich gar nicht vorstellen, wie sehr sich die Handori darüber freuen, dass ein Erdenschiff den Weg hierher gefunden hat." In diesem Stil ging es eine ganze Weile weiter. Im Smalltalk war Baruka offenbar sehr bewandert.

Indes musterte Lodi Topaz interessiert. Als ihr Vater endlich einmal Luft holte, nutzte die junge Frau ihre Chance und sagte freundlich: „Ich habe schon einiges über Sie gelesen und finde es wirklich schön, Sie kennen zu lernen."

Topaz sah Lodi völlig verdutzt an. „Dann sind Sie wohl die große Ausnahme auf Handor."

Die Tochter des Premierministers schüttelte den Kopf und erklärte: „Nicht in meiner Generation."

Jetzt war Topaz so verblüfft, dass ihr die Worte fehlten, aber sie lächelte die junge Frau doch freudig überrascht an.

„Lodi, bitte!" herrschte Baruka seine Tochter an.

Sanderson sah endlich die Gelegenheit, ihr eigentliches Anliegen vorzubringen, und ergriff daher schnell das Wort, bevor Baruka fortfahren konnte mit seiner Tirade. „Premierminister, wir hätten da noch eine Bitte. Wir benötigen die Aufzeichnungen der Experimente, die Dr. Sagin seinerzeit mit meiner Frau gemacht hat."

„Bedauere, aber diese Unterlagen liegen unter Verschluss", erhielt Sanderson prompt zur Antwort.

Jetzt reichte es Topaz. Dieselbe Aussage hatte sie schon einmal zu hören bekommen, aber diesmal würde sie sich nicht einfach so abspeisen lassen. Sie trat vor Baruka hin, sah ihm geradewegs ins Gesicht und sagte mit fester Stimme: „Dazu haben Sie kein Recht. Diese Unterlagen betreffen ganz allein mich und deshalb habe ich ein Anrecht darauf, sie zu bekommen." Dann ging ihr Ko'Shasis Theorie durch den Kopf, die dieser ihr bei der letzten Untersuchung unterbreitet hatte, nämlich dass möglicherweise auch Sudir irgendwelche Veränderungen an ihrer DNA vorgenommen haben könnte. Deshalb setzte sie jetzt noch hinzu: „Und wenn es irgendwelche Aufzeichnungen von Sudir gibt, gehören die ebenfalls mir."

Ob es nun ihr selbstbewusstes Auftreten war oder weil er die sich gerade anbahnenden Beziehungen zu den Menschen nicht gefährden wollte, ließ sich nicht feststellen. Vielleicht war es auch eine Mischung aus beidem. Jedenfalls ging Baruka wortlos zu einer Konsole, lud einen Datenstick und drückte Topaz diesen mit Nachdruck in die Hand.

Nicht gerade freundlich sagte er dann mit harter Stimme: „Es fehlen ganze Sequenzen, die Sagin wohl gelöscht hat, und von Sudir besitzen wir keine Aufzeichnungen!" Abrupt wandte er sich von ihr ab und fuhr in einem etwas milderen Ton an Sanderson gewandt fort: „Captain, die Handori würden gerne engere Beziehungen zu den Menschen aufbauen. Aber ich würde es sehr begrüßen, wenn sie", damit zeigte er auf Topaz, „künftig nicht mehr Mitglied Ihrer Delegation wäre."

Sanderson sah Baruka gelassen an und antwortete ruhig, aber bestimmt: „Wissen Sie Premierminister, meine Delegationen stelle ich nach den jeweiligen Notwendigkeiten zusammen. Meine Frau stammt von Handor und ist somit die beste Beraterin diesbezüglich, die ich mir vorstellen kann. Wenn Sie das anders sehen, tut es mir sehr leid."

Baruka bekam rote Flecken im Gesicht, holte dann aber tief Luft, bevor er versuchte, sich irgendwie aus der Affäre zu ziehen. „Nun denn, vielleicht sollten wir das heutige Gespräch beenden." Und mit einem aufgesetzten Lächeln fuhr er fort: „Mein Adjutant wird Sie hinausbegleiten."

Loran hatte sich während der gesamten Unterhaltung im Hintergrund gehalten. Was hatte dieser Mensch da gesagt? Er hatte diese Kreatur zu seiner Frau gemacht? Und was erdreistete sich eigentlich diese Lodi? Baruka sollte seine Tochter wirklich besser im Griff haben! Loran blickte zu Topaz hinüber und dachte: »So ein Pech für dich, dass du hier wieder aufgetaucht bist. Ich weiß zwar noch nicht wie, aber jetzt bist du fällig. Du hast meine schönen Pläne zunichte gemacht und dafür wirst du bezahlen.« Ohne eine äußere Gefühlsregung führte er die Drei zu ihrem Fahrzeug. Topaz ließ sich erschöpft auf den Rücksitz fallen und schloss für einen Moment die Augen. Ron setzte sich neben sie, um ihr im Notfall helfen zu können. Auch wenn sie es ungern zugab, aber diese Exkursion hatte sie doch viel Kraft gekostet. Rijaak allerdings, der sich hinters Steuer schwang, entging der hasserfüllte Blick nicht, den Loran den beiden zuwarf. Nur für einen Augenblick hatte der Adjutant sich gehen lassen, aber der genügte Rijaak.

Als sie auf dem Schiff ankamen, erkundigte sich Sanderson bereits in der Dekontaminationskammer nach dem anderen Trupp. „Die haben sich gerade gemeldet, Captain, und sind bereits auf dem Rückweg zur Pioneer", bekam er Auskunft von der Brücke. „Gut, geben Sie mir Bescheid, wenn sie eintreffen", ordnete Sanderson an. Er brachte Topaz ins Quartier, damit sie sich etwas ausruhen konnte. Sie legte sich hin und bereits nach ein paar Minuten schlief sie tief und fest.

Es dauerte noch fast eine Stunde, bis die zweite Gruppe auf der Pioneer eintraf. Sanderson eilte zur Dekontaminationskammer und ließ sich Bericht erstatten. Dann drückte er Lee den Stick in die Hand, den Baruka Topaz gegeben hatte und erklärte: „Das ist alles, was wir erreicht haben. Laut Aussage des Premiers sind die Aufzeichnungen unvollständig, weil Sagin sie teilweise gelöscht hat. Versuch dein Bestes, um daraus mehr zu machen."

Lee nickte entschlossen und sagte grimmig: „Das werde ich! Wenn es sein muss, arbeite ich Tag und Nacht daran."

Sanderson sah den ebenfalls anwesenden Rijaak an. „Was halten Sie von der Theorie, dass sich Sagin mit einem Soljaner zusammengetan hat?"

„Der Beschreibung nach durchaus denkbar. Aufgrund der Erfahrungen, die wir mit denen gemacht haben, wäre das dann allerdings eine unheilvolle Allianz. Ich würde mich gerne noch ein wenig in der Nachbarschaft der Dame umhören. Wo einer geredet hat, tun das vielleicht auch noch andere."

Sanderson nickte. „Gar keine schlechte Idee. Aber nehmen Sie bitte ein paar Leute mit. Ich möchte nicht, dass jemand von der Besatzung allein auf Handor herumläuft."

„Natürlich, Captain. Da ist aber noch etwas, was ich Ihnen sagen wollte", entgegnete Rijaak und dann erzählte er von seiner Beobachtung bei der Abfahrt.

„Das bestärkt mich noch in meiner Ansicht. Wir sollten sehr vorsichtig sein. Ich glaube nämlich nicht, dass ein solcher Fanatiker, wie Loran anscheinend einer ist, vor Topaz' Freunden halt macht. Also seien Sie bitte wachsam da draußen!", bemerkte Sanderson.

Rijaak nickte nur, beorderte dann drei Leute aus der Sicherheitsabteilung zu sich und erklärte ihnen kurz, was er vorhatte. Sie verließen die Pioneer, fuhren zu Sagins Haus und gingen in der Nachbarschaft tatsächlich von Tür zu Tür. Zudem befragten sie auch jeden, den sie auf der Straße antrafen. Viele Türen wurden ihnen vor der Nase zugeschlagen, aber einige Handori waren durchaus gewillt, mit den Sicherheitsleuten zu sprechen. Nach und nach förderten Rijaak und seine Leute einiges zutage. Sagin war nicht besonders gut gelitten, sie galt als arrogant und unnahbar. Ob zu offiziellen Festen oder anderen Anlässen, niemals ließ sie sich dazu herab, dort zu erscheinen. Tag und Nacht waren die Vorhänge ihres Hauses zugezogen, sodass man nicht sehen konnte, was darin vorging und hinter vorgehaltener Hand blühten die wildesten Spekulationen.

Rijaak wollte gerade zum Rückzug blasen, als ihn jemand aus einem dunklen Türeingang mit leiser Stimme anrief. „Sie da! Wenn Sie wirklich etwas über Sagin wissen wollen..."

Rijaak kam etwas näher und suchte den Boden ab, als hätte er etwas verloren. „Sprechen Sie weiter", raunte er.

„Vor etwas mehr als einem Monat kam sie nach längerer Abwesenheit wieder zurück. Mit diesem Außenweltler, dunkle Lederhaut, keine Haare. Kurz nach der Ankunft der beiden verschwanden plötzlich ziemlich viele Leute, die bis heute nicht wieder aufgetaucht sind. Ich weiß es, ich habe die Fälle bearbeitet, konnte den beiden aber leider nichts nachweisen. Vor einer Woche haben Sagin und dieser Mann Handor dann mit unbekanntem Ziel verlassen." Damit verstummte die Stimme und als Rijaak aufsah, stand niemand mehr im Hauseingang. Er sammelte seinen Trupp ein und sie machten sich auf den Rückweg zur Pioneer.

Rijaak erstattete Sanderson umgehend Bericht. „Was halten Sie davon, Captain?"

Sanderson sah ihn nachdenklich an. Er kannte seinen Sicherheitschef ziemlich gut und sagte deshalb: „Ich glaube, wir denken das Gleiche. Die feinen Herrschaften haben sich abgesetzt, um irgendwo in aller Ruhe irgendetwas ganz Mieses auszuführen. Warum sonst sollten sie vorher etliche Leute entführt haben? Vorausgesetzt, dieser Handori wusste wirklich, wovon er sprach."

„Davon ist auszugehen. Ich verfüge zwar nicht über telepathische Fähigkeiten, aber ich kann Leute einschätzen. Und dieser Mann wusste sehr genau, wovon er sprach. Seine Äußerungen lassen vermuten, dass er bei der Polizei arbeitet und da kann er uns ja schlecht offiziell unterrichten", entgegnete Rijaak.

„Da haben Sie allerdings Recht."

Die beiden schwiegen eine Weile.

„Captain, ich weiß, das ist wie die berühmte Nadel im Heuhaufen, aber Sie wollen doch sicherlich diese Frau finden oder?"

Sanderson nickte bestätigend und sagte dann mit Nachdruck: „Wir müssen! Wer weiß, wie viele Informationen auf dem Stick überhaupt brauchbar sind. Auch wenn Lee es schaffen sollte, einiges wieder herzustellen. Außerdem haben wir jetzt noch einen Grund mehr."

„Dann schlage ich vor, wir schauen uns jeden Planeten an, auf dem auch nur einigermaßen gute Lebensbedingungen herrschen. Am besten zunächst die unbewohnten", erwiderte der Sicherheitchef.

„Weil man dort natürlich am ehesten in aller Ruhe experimentieren kann, ohne von neugierigen Nachbarn belästigt zu werden!", stellte Sanderson fest.

Die beiden begaben sich auf die Brücke und Sanderson gab den Befehl zum Abflug. Während die Startvorbereitungen liefen, unterrichtete er Gasira über das, was Rijaak auf Handor herausgefunden hatte.

Der Erste Offizier nickte und sagte: „Ich werde alle unbewohnten Planeten in dem uns zur Verfügung stehenden Kartenmaterial suchen."

„Tun Sie das. Und bei den bewohnten Welten, die sozusagen am Wegrand liegen, fragen wir einfach mal nach, ob die beiden gesehen wurden", entgegnete Sanderson.

****

Der Doktor hatte Lee sein Arbeitszimmer zur Verfügung gestellt, damit er ungestört an der Wiederherstellung der gelöschten Daten arbeiten konnte, und Lee gönnte sich keine Pause. Der Arzt schickte ihn ab und zu ins Bett, sonst hätte Wang wirklich Tag und Nacht durchgearbeitet. Ko'Shasi sah sich die erhaltenen Aufzeichnungen an, auch wenn ihn das Grauen packte beim Anblick dessen, was er dort zu sehen bekam. Jedes noch so kleine Bruchstück, das Lee rekonstruieren konnte, leitete dieser sofort an Ko'Shasi weiter.

Als der Arzt ihn wieder einmal mit Kaffee versorgte, hielt Wang in seiner Tätigkeit inne, weil ihn eine Frage beschäftigte. „Doktor, Sagin hat nicht nur die Ergebnisse, sondern auch immer wieder Sequenzen scheinbar wahllos in den Berichten gelöscht. Können Sie mir erklären warum? Ich verstehe eigentlich sowieso nicht, warum sie was gelöscht hat."

„Denken Sie doch mal nach, Lieutenant. Was nützt es, die Ergebnisse zu löschen, wenn man den Weg dahin verfolgen kann?"

Lee schüttelte immer noch verständnislos den Kopf, deshalb erklärte der Arzt: „Sagin wollte vermutlich geehrt werden für ihre Erforschung der Krankheiten. Deshalb musste sie unter allen Umständen verhindern, dass jemand anderer die Ergebnisse in die Finger bekommt oder nachvollziehen kann. Jetzt verstanden?"

Lee sah ihn mit großen Augen an und sagte dann fassungslos: „Sie meinen, sie wollte ganz groß rauskommen mit dem Leid, das sie Topaz angetan hat? Und so was nennt sich Ärztin!"

Damit hatte er einen wunden Punkt bei Ko'Shasi berührt. „Ich weiß nicht, was ich Ihnen darauf noch sagen soll", antwortete der Arzt betreten.

„Gar nichts Doc, ich weiß, dass Ihnen das genauso gegen den Strich geht. Jeder hier an Bord weiß das, auch Topaz. Seien Sie also unbesorgt, niemand wird Sie mit dieser Frau in einen Topf werfen! Ich werde dann mal weiterarbeiten. Danke für den Kaffee und für … na ja, Sie wissen schon."

Drei Tage später erhielt Ko'Shasi eine wiederhergestellte Sequenz, bei deren Anblick er sich kerzengerade aufsetzte. „Verdammt, darauf hätte ich auch schon längst kommen können nach allem, was Topaz mir über diese Frau erzählt hat!", schimpfte er. Im nächsten Moment griff er zu seinem Kom-Gerät und bat Sanderson und Topaz auf die Krankenstation. Als die beiden eintrafen, zeigte er ihnen zunächst die Sequenz.

Auf dem Bildschirm war Sagin zu sehen, die sich über ein Kleinkind beugte, das auf einer Bahre festgeschnallt war. Die Ärztin richtete sich auf und gab dabei den Blick auf das Kind frei. Es handelte sich zweifelsohne um Topaz. Sie musste auf diesen Aufnahmen ungefähr zwei Jahre alt sein. Mit einem Grinsen im Gesicht nahm Sagin ein winziges ovales Objekt von dem Tisch, der neben der Liege stand und auf dem diverse medizinische Geräte und Bestecke lagen. Sie betrachtete den Gegenstand einen Moment und sagte: „Dieser kleine Diener hier wird mir helfen, damit deine menschliche Hälfte mich nicht mehr bei der Arbeit stört und ich endlich brauchbare Ergebnisse bekomme!" Ängstlich schaute Topaz zu Sagin auf und jammerte kläglich. „Ach halt's Maul!", herrschte diese die Kleine an. „Wenn du wüsstest, was ich noch alles mit dir vorhabe, und wenn das erledigt ist, wird das kleine Helferlein dich irgendwann beseitigen, ohne dass ich mir die Finger schmutzig machen muss." Sie rammte eine Injektionsnadel in den Arm des Kindes und kurze Zeit später tat die Narkose ihre Wirkung. „Ist zwar schade um das gute Zeug, aber wenn ich dich ohne operiere, kratzt du mir am Ende noch zu früh ab", nuschelte Sagin vor sich hin, während sie mit der Operation begann.

An dieser Stelle hielt Ko'Shasi die Aufzeichnung an. „Den Rest der Operation erspare ich Ihnen und den OP-Bericht wollen Sie sicherlich auch nicht lesen", sagte Ko'Shasi gepresst.

Topaz fand als erste ihre Sprache wieder. „Was hat das zu bedeuten, Doktor?"

„Sie hat Ihnen eine Art künstliches Organ eingesetzt, damit Sie mehr Handori sind als Mensch", erläuterte der Arzt.

„Wegen der Ergebnisse ihrer Experimente, nicht wahr?", knurrte Sanderson. „Soviel habe ich verstanden."

„Ja, Sie haben recht", bestätigte Ko'Shasi und erklärte dann weiter: „Bitte ersparen Sie mir weitere Ausführungen zu den Praktiken dieser Frau. Es gibt im Moment nur eines, was wichtig ist. Dieses künstliche Organ ist für Ihren derzeitigen Zustand verantwortlich, Miss Topaz. Es hat offensichtlich eine Fehlfunktion oder ist mittlerweile so lange in Betrieb, dass es langsam den Geist aufgibt. Sagin hat offenbar mit so etwas gerechnet. Es tut mir leid, dass ich das nicht gesehen habe. Aber sie hat dieses künstliche Organ so geschickt kaschiert, dass es niemandem auffällt."

Topaz beruhigte ihn: „Doktor, ich würde Ihnen niemals einen Vorwurf machen. Sagin hat das vermutlich mit Absicht gemacht. Darauf deutet ja wohl alles hin. Können Sie das Teil denn entfernen?" Sie sah den Arzt hoffnungsvoll an.

Ko'Shasi erklärte: „Das muss ich sogar, und zwar möglichst schnell. Ich fürchte nämlich, dass das Ding Sie über kurz oder lang umbringen wird. Die ganze Sache hat allerdings einen Haken: Wenn ich dieses Organ entferne, wird Ihre menschliche Hälfte die Entwicklung, die normalerweise Jahre dauert, innerhalb weniger Tage durchlaufen. Aber ich weiß nicht …", hier stockte der Arzt und suchte nach den passenden Worten. „Ich fürchte, das könnte ihr Körper nicht verkraften. Verstehen Sie, was ich meine?"

Topaz musste schlucken, sagte aber mit fester Stimme: „Ja Doktor, ich verstehe. Geben Sie bitte dem Captain und mir ein paar Minuten, dann stehe ich Ihnen zu Verfügung."

Der Arzt nickte und mit den Worten: „ich werde den OP-Raum vorbereiten" ließ er die beiden allein.

Topaz sah Ron an. „He, mach dir keine Sorgen. So einfach wirst du mich nicht los", flüsterte sie und legte dabei ihre Stirn an seine. Sie konnte allerdings nicht verhindern, dass ihre Unterlippe leicht zitterte. „Versprichst du mir das?", kam es genauso leise von ihm zurück. Er küsste sie und drückte sie dann ganz fest an sich. Als der Arzt nach einiger Zeit zurückkam, machte er sich durch ein Räuspern bemerkbar. Die beiden lösten sich voneinander und bevor er sie gehen ließ, nahm Ron behutsam Topaz' Gesicht in seine Hände. „Ich werde hier sein, wenn du aus der Narkose aufwachst", sagte er zärtlich. Als Topaz mit dem Arzt den Raum verlassen hatte, war es mit Rons Selbstbeherrschung vorbei. Seine Knie gaben nach, er setzte sich auf den nächsten Hocker und ließ den Kopf hängen. Sekunden später legte sich eine Hand behutsam auf seine Schulter.

Lee hatte wie immer in den letzten Tagen am Datenstick gearbeitet. Als er Ron und Topaz auf die Krankenstation kommen sah, wurde er neugierig und hatte alles von der Bürotür aus mitbekommen. Jetzt ging er vor Ron in die Hocke und fragte: „Soll ich dir Gesellschaft leisten, bis die OP vorbei ist?"

Ron schüttelte den Kopf und meinte: „Nein. Mach lieber weiter mit den Daten. Wer weiß, was die noch alles mit ihr angestellt hat. Wir brauchen jede Information und sei sie noch so klein."

„Wird gemacht! Kann ich sonst noch irgendetwas tun?"

Erst wollte Ron diese Frage verneinen, aber dann sagte er: „Ja, tu mir bitte noch einen Gefallen. Wenn wir Sagin jemals erwischen, halt mich davon ab, eine Dummheit zu begehen."

„Das werde ich, verlass dich drauf!", versprach Lee.

Sanderson ließ Gasira auf die Krankenstation kommen und erklärte ihr die Sachlage. „Wenn es die Situation erfordert, komme ich umgehend auf die Brücke. Aber im Moment werde ich dort weniger gebraucht als hier, da wir nur einen Planeten nach dem anderen abklappern. Ich lege das Kommando daher vorübergehend in Ihre Hände."

„Ja Captain." Sie rang ein wenig um Worte und brachte dann doch nur ein: „es tut mir sehr leid" heraus. Gasira tat sich immer schwer in Situationen wie dieser, aber Sanderson kannte sie gut genug, um zu wissen, dass sie sich ebenfalls um Topaz sorgte. Auch um sich selber Mut zu machen, sagte er mit Nachdruck: „Sie schafft das schon!"

Gasira tat es in der Seele weh, diesen Mann, der nicht nur ihr Vorgesetzter war, sondern auch ein Freund, so hilflos dastehen zu sehen. Zudem machte sie sich ernsthafte Sorgen um Topaz. Am Anfang stand Gasira der Handori durchaus skeptisch gegenüber, aber diese nötigte ihr Respekt ab durch ihr Verhalten auf Solja. Gasira war eine eher zurückhaltende Frau und es dauerte bei ihr immer etwas länger, bis sie Freundschaften schloss. Ihre oft etwas spröde wirkende Art schreckte zudem viele ab, aber sie hatte das Herz auf dem rechten Fleck und im Laufe der Zeit hatte sich zwischen diesen zwei so unterschiedlichen Frauen eine freundschaftliche Beziehung entwickelt.

Nach vier quälend langen Stunden war die Operation beendet und Topaz wurde in eine der Nischen auf der Krankenstation geschoben. Ronald schnappte sich einen Hocker und setzte sich an ihr Bett. Sie war noch etwas benommen von der Narkose, aber sonst schien es ihr gut zu gehen – bisher jedenfalls. Leider blieb das nicht so. Ungefähr sechs Stunden später setzten die von Dr. Ko'Shasi prognostizierten Veränderungen ein. Erst unmerklich, aber es dauerte nicht lange und ihr gesamter Körper bäumte sich auf. Sie schrie vor Schmerzen, dass es über das gesamte Deck hallte und dann lag sie plötzlich ganz still da.

Ron sah den Arzt ängstlich und zugleich hoffnungsfroh an: „Doc, was ist jetzt?"

Aber der Arzt schüttelte den Kopf und sagte verhalten: „Ich kann es Ihnen leider auch nicht genau sagen. Sehen Sie mich bitte nicht so vorwurfsvoll an. Ich habe so was doch auch noch nie erlebt." Er schwieg für einen Moment, konsultierte nochmals seine Instrumente und fuhr dann fort: „Es sieht fast so aus, als würde sie in einer Art Tiefenschlaf liegen, auch wenn dieser Ausdruck es nicht so ganz trifft. Verstehen Sie, sie liegt nicht im Koma, aber sie schläft auch nicht einfach nur. Vielleicht hilft ihr das ja, mit den Veränderungen klar zu kommen."

Schuldbewusst sagte Ron: „Danke Doktor. Und entschuldigen Sie, ich wollte Ihnen keinen Vorwurf machen." Der Arzt nickte nur verständnisvoll.

Diese Ruhephase dauerte allerdings nicht sehr lange. Bald darauf wand sich ihr Körper wieder unter Schmerzen. Ihre Schreie waren jetzt etwas leiser geworden, was aber nur daran lag, dass Topaz langsam heiser wurde. Darauf folgte abermals eine Ruhephase und so ging es weiter. Ron wusste schon gar nicht mehr, wie viele Tage und Nächte er hier saß. Während der Ruhephasen legte er sich des Öfteren auf die Liege, die man ihm neben Topaz' Bett gestellt hatte. Er wurde von Lee und Hazy mit Nahrung, Getränken und sauberer Kleidung versorgt. Überhaupt war immer einer von den beiden da, um ihm Gesellschaft zu leisten. In einer dieser Pausen – es war die dritte oder vierte, Ron konnte es nachher nicht mehr genau sagen – streichelte er ganz sanft über ihren Kopf. Dann allerdings blickte er voller Entsetzen auf seine Hand, in der große Stücke des Schildpatts lagen, die sich vom Kopf gelöst hatten. Der gerade anwesende Hazy starrte zunächst genauso entsetzt auf Rons Hand, führte ihn dann aber sanft ins Bad und säuberte diese. Ron sah ihn dankbar an, dann gingen die beiden zurück. Ko'Shasi und ein Pfleger hatten inzwischen Topaz gewaschen und auch das Bett frisch bezogen.

Drei Wochen waren seit der Operation vergangen und Topaz lag wieder einmal in einer der Ruhephasen. Diese dauerte jetzt schon fast einen Tag an und war damit wesentlich länger als die vorherigen.

„So wie's aussieht, hat sie es geschafft und ihr Körper braucht diese Phase jetzt, um endgültig zu regenerieren", erklärte Dr. Ko'Shasi und sah Sanderson aufmunternd an. „Ich weiß, ich bin Ihnen keine große Hilfe, Captain. Aber manchmal sind auch Ärzte etwas ratlos."

„Das stimmt so nicht und das wissen Sie auch. Ohne Sie wäre Topaz garantiert gestorben", erwiderte Sanderson.

Der Arzt nickte unmerklich. „Hören Sie, es hat schon Koma-Patienten gegeben, die von der Stimme eines ihrer Lieben wieder aufgewacht sind. Topaz liegt zwar nicht im Koma, aber vielleicht braucht sie trotzdem

Hilfe, um wieder in dieses Bewusstsein zurückzufinden."

„Ja, ich verstehe, was Sie meinen, Doktor."

Irgendetwas war eigenartig und ungewohnt. Es fühlte sich so fremd an, als gehöre es gar nicht zu ihr. Das hatte sie ganz anders in Erinnerung, aber wenigstens waren die Schmerzen weg, diese nicht enden wollenden Schmerzen. War sie das gewesen, die da geschrien hatte, während der Schmerz in ihr tobte und ihren ganzen Körper in Aufruhr versetzte? Diese Schreie hallten noch immer in ihrem Kopf wider. Aber jetzt war da noch etwas – eine Stimme. »*Nein, geh weg, lass mich in Ruhe. Es ist gerade so schön, keine Schmerzen und ein wohliges, angenehmes Gefühl.*« Aber die Stimme schwieg nicht. Und plötzlich gab es da auch noch eine zweite Stimme tief in ihrem Inneren, die sie ermahnte: »*Du darfst nicht hier bleiben! Das ist falsch!*«

Ronald hatte sich über Topaz gebeugt und sagte leise: „Komm schon, Liebes. Ich bin sicher, dass du mich hören kannst. Du schaffst das! Du bist stark! Du musst es nur wollen. Wach auf!" Er wiederholte diese Sätze ständig. Ab und an machte er eine kleine Pause, um einen Schluck Wasser zu trinken und einfach mal zwischendurch Luft zu holen. Als er gerade wieder einmal das Glas ansetzen wollte, hielt er mitten in der Bewegung inne und murmelte: „Hat sie sich gerade bewegt oder spielen mir meine überreizten Nerven einen Streich?" „Nein, sie hat sich wirklich bewegt", bestätigte Lee. Ron stellte das Glas beiseite und beugte sich wieder über Topaz. Ganz sanft schob er die Haare, die ihr gewachsen waren, aus ihrem Gesicht und sagte: „He Liebes, komm zu dir. Du hast es geschafft. Du musst nur noch aufwachen. Komm schon, mach die Augen auf."

Da war schon wieder diese Stimme. Diesmal aber etwas deutlicher und die andere Stimme tief in ihr befahl: »*Hör genau hin! Tu, was man dir sagt!*« Diesmal strengte Topaz sich an und die Nebel in ihrem Gehirn lichteten sich allmählich. Eine dieser Stimmen kam ihr doch sehr vertraut vor. Aber natürlich, das war Rons Stimme! Was sagte er da bloß? Sie hätte es geschafft? Was geschafft? Und dann hob sich auch der letzte Schleier und Erinnerung durchflutete sie. »*Mach die Augen auf!*«, erklang es tief in ihr drin und im nächsten Moment sah sie Rons Gesicht, das sich über dem ihrem befand. Liebevoll streichelte er ihre Wange. Da war es wieder, das Ungewohnte, aber sie konnte immer noch nicht sagen, was es war. Noch etwas benommen sah sie sich um. Seitlich auf dem Kopfkissen lag etwas. Waren das Haare? Sie wollte ihn fragen, aber ihr Mund und ihre Kehle waren so trocken, dass nur ein Krächzen herauskam. Ron griff nach dem Glas und stützte sie, damit sie etwas Wasser trinken konnte.

Lee blickte einen Moment auf die Szene, dann flitzte er los, um Dr. Ko'Shasi zu holen. Der Arzt ließ Sanderson gewähren und als Topaz getrunken hatte, fragte er sie: „Wie fühlen Sie sich?"

„Ich dachte, das könnten Sie mir sagen, Doktor", krächzte sie. „Ich bin ziemlich müde und schlapp."

„Glaube ich Ihnen gerne." Er sah sich ihre Werte an und fuhr fort: „Sie haben's wirklich geschafft und sollten sich jetzt einfach noch etwas ausruhen." Dann sah er Sanderson an und bemerkte: „Ihnen dürfte ein Mütze voll Schlaf auch nicht schaden."

„Ja Doc. Geben Sie uns bitte noch einen Augenblick", entgegnete Ron freudestrahlend.

Der Arzt und Lee zogen sich diskret zurück. Ron beugte sich zu Topaz herunter und drückte kurz seine Wange an ihre. „He, einer von uns beiden muss sich rasieren", flüsterte sie. Er lächelte sie erleichtert an. Sie warf einen Blick rechts aufs Kopfkissen und fragte: „Ron, sind das meine Haare?"

Er nickte. „Ja. Du hast dich etwas verändert mein Schatz."

„Werde ich mir dann später anschauen", murmelte sie schon sehr schlaftrunken und bereits eine Sekunde später war sie eingeschlafen.

Als Topaz nach einigen Stunden Schlaf aufwachte, fühlte sie sich gut genug, um endlich eine Dusche zu nehmen und sich die Veränderungen anzuschauen. Wenn sie an sich herunter sah, entdeckte sie weichere Rundungen und größere Brüste. Was aber am meisten auffiel, war die Veränderung auf dem Kopf. Das Schildpatt war – bis auf zwei schmale Streifen über den Ohren – fast vollständig verschwunden, dafür waren ihr Haare gewachsen, die bis zur Hüfte reichten. Die vorderen fielen ihr immer wieder ins Gesicht und störten doch sehr. Eine der Frauen, mit denen Topaz sich angefreundet hatte, arbeitete als Friseurin und so bat sie die

Dienst tuende Pflegerin darum, Cindy Bescheid zu sagen. Diese kam auch prompt und staunte nicht schlecht über Topaz' Verwandlung. Cindy schlug ihr vor, die Haare vorne kurz zu schneiden und sie einfach nach den Seiten zu kämmen. Später, wenn sich Topaz an die Haare gewöhnt hatte, könnte man sich immer noch etwas anderes überlegen.

Jetzt saß die Handori mit einem Spiegel in der Hand aufrecht im Bett und bemerkte: „Das sieht richtig gut aus. Gefällt mir. Vielen Dank, Cindy."

„Ja, das finde ich auch", erklang Rons Stimme vom Eingang her.

„Oh, danke Captain", stammelte Cindy, bekam rote Flecken im Gesicht und legte mit fahrigen Bewegungen Kamm und Schere in die Tasche zurück. Mit einem verlegenen „Darf ich?" nahm sie Topaz den Spiegel aus der Hand und verließ dann eilig die Krankenstation.

Ron sah ihr entgeistert nach und fragte überrascht: „Was war denn das?"

Topaz meinte munter und fröhlich: „Schön, dass dir meine neue Frisur auch gefällt. Und was Cindy angeht: Na ja, die findet wohl den Captain dieses Schiffes äußerst anziehend und ich vermute mal, dass ihr gerade eben zum Bewusstsein gekommen ist, dass ich das spüren kann." „Aber die ist doch mit…", weiter kam er nicht, denn Topaz fiel ihm ins Wort. „…mit Ayoub liiert, jawohl. Aber die beiden führen eine offene Beziehung und Cindy ist bisexuell. Bevor du jetzt anfängst, dir Sorgen zu machen: Die beiden leben ihre sexuellen Abenteuer nicht auf dem Schiff aus. Aber das verhindert ja nicht, dass sie jemanden anziehend finden." Ron war mit wachsendem Erstaunen ihren Ausführungen gefolgt und er wusste nicht, was ihn mehr berührte: Die lockere Art von Topaz, mit diesen Tatsachen umzugehen, was ja völlig konträr lief zu dem auf Handor üblichen Umgang damit, oder aber die Tatsache, dass sie anscheinend innerhalb kurzer Zeit einige Crewmitglieder sehr gut kennen gelernt hatte, sodass sie mehr wusste als er. Was für eine Frau! Er hatte diesen Gedanken noch nicht ganz zu Ende gedacht, da fuhr sie auch schon gut gelaunt fort: „Und wenn du es genau wissen willst, du hättest bei einigen hier an Bord gute Chancen."

Zufrieden lächelnd setzte er sich auf die Bettkante und beugte sich vor. „Ach ja?"

„Ja", antwortete sie schlicht.

„Mir genügt eine und die sitzt genau vor mir", sagte er liebevoll und bevor sie noch etwas darauf erwidern konnte, drückte er ihr einen langen Kuss auf die Lippen.

Topaz lag völlig richtig mit ihrer Einschätzung. Cindy fand tatsächlich den Captain äußerst anziehend, aber das fiel weder auf noch störte es, da sie fast keine Berührungspunkte hatten. Als er aber so plötzlich auftauchte, flackerte ihr Verlangen nach ihm auf, was normalerweise auch nicht weiter aufgefallen wäre. Allerdings wurde Cindy sich im gleichen Moment bewusst, dass Topaz diese Gefühle wahrnehmen konnte und reagierte entsprechend. Einige Tage später suchte sie die Handori auf, um sich mit ihr auszusprechen. Als diese völlig gelassen blieb, atmete Cindy erleichtert auf und half Topaz anschließend, im Lager neue passende Kleidung zu finden.

Der Doktor behielt Topaz noch drei Tage zur Beobachtung auf der Krankenstation, um sicherzustellen, dass keine Nachwehen – wie er es nannte – auftraten. Als sie endlich wieder in ihr Quartier durfte, betrachtete Topaz sich zunächst eingehend in dem großen Spiegel im Schlafzimmer. Das war in dem kleinen Wandspiegel im Bad der Krankenstation nur eingeschränkt möglich gewesen.

„Gefällt dir, was du siehst?", frage Ron, der gerade hereinkam.

Sie drehte sich um „Ja allerdings. Und was ist mit dir?", antwortete sie kokett mit einer Gegenfrage.

Ron nahm sie in die Arme und entgegnete übermütig: „Ja und ob", um dann verhaltener fortzufahren: „Aber das spielt keine Rolle. Ich bin sehr glücklich, dass ich dich jetzt hier in den Armen halten kann."

„Ja, ich auch", sagte sie und legte die Arme um seinen Hals. „Sag mal, bist du eigentlich noch im Dienst?", fragte sie dann mit einem verheißungsvollen Unterton.

Er grinste sie verstehend an. „Nein. Gib mir zehn oder fünfzehn Minuten, um mich etwas frisch zu machen." Er verschwand im Bad, kam allerdings fünf Minuten später wieder heraus und ließ sich neben sie aufs Bett fallen. „He Lady, ich würde Sie gerne näher kennen lernen."

„Nur zu Mister, ich habe nichts dagegen."

Das ließ er sich nicht zweimal sagen und schon bald merkten sie, dass sich noch etwas geändert hatte: Ihr

Körper reagierte sehr viel stärker als zuvor auf seine Zärtlichkeiten.

Als sie noch etwas atemlos nebeneinander lagen, meinte Ron: „Donnerwetter, das hatte ich nicht erwartet."

„Nein, ich auch nicht", erwiderte Topaz.

Er schwieg, brütete aber irgendwas aus, das konnte sie spüren. Schon drehte er sich zu ihr hin und spielte mit einer ihrer Haarsträhnen. „Hast du Schwierigkeiten damit?", fragte er.

„Nein, warum sollte ich. Wie kommst du überhaupt darauf?", antwortete sie irritiert.

„Na ja, ich bin manchmal etwas erstaunt. Du bist in einer so konservativen Gesellschaft aufgewachsen und trotzdem gehst du mit vielen Dingen völlig locker um. Aber es könnte doch durchaus sein, dass du mit deiner offensichtlich jetzt viel stärkeren Sexualität Schwierigkeiten hast", erklärte Ron.

Topaz meinte: „Weißt du, ich konnte auch schon als Jugendliche diesen erzkonservativen Ansichten, die auf Handor vorherrschen, nichts abgewinnen. Als Erwachsene hatte ich dann fast ausschließlich Umgang mit Außenweltlern, die mit vielen Dingen freier umgingen." Sie schwieg einen Moment und lächelte ihn an. „Meine sexuellen Erfahrungen habe ich übrigens auch nur mit Außenweltlern gesammelt." Dann schlang sie die Arme um ihn und zog ihn an sich.

„Oh nein, nicht schon wieder. Ich kann nicht mehr", protestierte er halbherzig und mit gespieltem Entsetzen, um sich dann nur allzu bereitwillig zu einem erneuten Liebesakt verführen zu lassen.

****

Da sie bisher nicht die geringste Spur von Sagin und ihrem Begleiter gefunden hatten, fragte Ron sich allmählich, ob sie die richtige Strategie verfolgten. Vielleicht hatten sich die beiden ja doch in der Einöde eines bewohnten Planeten niedergelassen. Sanderson verwarf diesen Gedanken allerdings sofort wieder, denn das Entdeckungsrisiko bei einem solchen Verhalten war viel zu groß.

Auch Commander Gasira hatte sich so ihre Gedanken gemacht. Gestern Abend war ihr eine Idee gekommen, die sie jetzt am Ende der täglichen Besprechung vortrug. „Captain, Topaz kann doch Lebensformen spüren, zumindest konnte sie das auf Solja. Könnte sie das nicht auch jetzt?" Sanderson runzelte die Stirn. Er verstand noch nicht, worauf sein Erster Offizier hinauswollte, deshalb erklärte diese: „Ich meine, wenn wir im Orbit eines Planeten sind, könnte sie dann nicht spüren, ob es dort Lebewesen gibt? Das würde uns sehr viel Zeit sparen."

Sanderson begriff endlich, worauf Gasira hinauswollte, und stieß einen kleinen anerkennenden Pfiff aus. „Gar keine schlechte Idee! Da hätte ich auch drauf kommen können. Ich werde sie fragen, ob das möglich ist. Wann erreichen wir unser nächstes Ziel?"

„In ungefähr einer Stunde", antwortete Gasira.

„In Ordnung, gehen Sie schon mal auf die Brücke. Ich werde zunächst mit Topaz sprechen." Damit beendete

Ronald die Zusammenkunft und machte sich auf den Weg zum Park.

Die Handori hatte ihre Arbeit wieder aufgenommen. Dr. Ko'Shasi bestand lediglich darauf, dass sie einmal in der Woche zur Kontrolluntersuchung kam. Als Sanderson im Park ankam, waren Minds und Topaz gerade dabei, ihre Gerätschaften aus dem Schuppen zu holen, die sie für ihre heutige Arbeit brauchten.

„Hallo ihr beiden", grüßte Ron und unterbreitete Topaz dann Gasiras Idee. Als er geendet hatte, sagte die Handori: „Ich habe das bisher noch nie gemacht, aber ich weiß, dass es Telepathen gibt, die solche Sachen zustande bringen. Versuchen wir's einfach!"

Minds, der bisher schweigend zugehört hatte, sagte im Brustton der Überzeugung: „Sie schaffen das schon!" Topaz sah ihn überrascht an. Der Gärtner wurde ein wenig verlegen unter ihrem Blick und meinte: „Na ja, ich meine, sie haben so viel durchgemacht und so vieles geschafft. Dagegen ist das doch nur ein Klacks, oder?"

Jetzt war es Topaz, die verlegen wurde. Sie wusste zwar, dass Minds sie mochte, was durchaus auf Gegenseitigkeit beruhte, aber dass er eine so hohe Meinung von ihr hatte, kam doch völlig überraschend. Lächelnd legte sie eine Hand auf seinen Unterarm und drückte diesen leicht, dann machte sie sich mit Ron auf den Weg zur Brücke.

„Brauchst du noch Zeit zur Vorbereitung?", fragte er sie in Erinnerung daran, dass sie sich vor ihrem Einsatz auf Solja zur Meditation zurückgezogen hatte.

Aber da Topaz selber noch nicht wusste, wie sie das Ganze angehen sollte, zuckte sie nur mit den Schultern und schüttelte den Kopf. Sie ahnte allerdings, was Sanderson durch den Kopf ging und sagte deshalb: „Dieser Versuch ist absolutes Neuland für mich. Aber da ich keine geistige Verbindung eingehen möchte, brauche ich sicherlich keine Meditation vorher. Ich muss mir nur darüber klar werden, wie ich vorgehen soll. Aber das kann ich auch auf der Brücke."

Als sich die Tür mit einem leisen Zischen öffnete, drehten sich alle Köpfe in diese Richtung, weil die Brückenbesatzung doch neugierig war, ob Gasiras Vorschlag Anklang gefunden hatte und Sanderson Topaz mitbrachte. Rijaak und Mendéz, die bisher noch keine Gelegenheit hatten, die Handori seit ihrer Genesung zu sehen, starrten sie überrascht an und Mendéz entfuhr sogar ein anerkennendes „Donnerwetter". Erst Sandersons leicht amüsierte Frage: "Juan, fliegt sich unser Schiff jetzt alleine?", riss beide Männer aus ihrer Starre und sie widmeten sich wieder ihrer jeweiligen Arbeitsstation. Immer noch in einem amüsierten Tonfall raunte Sanderson Topaz ins Ohr: „Ich werde wohl künftig auf dich achten müssen."

Sie sah ihn augenzwinkernd an und flüsterte: „Nicht nötig. Mir reicht ein Mann und der steht gerade neben mir." Dann wandte sie sich an Gasira und ließ diese wissen: „Ihre Idee ist gut. Wir werden sehen, ob ich sie auch umsetzen kann. Vielleicht sollten wir die ersten ein- oder zweimal zusätzlich noch einen vollen Scan vornehmen, nur um sicher zu gehen, dass ich richtig liege."

„Verstanden. Wir erreichen in etwa einer halben Stunde unser nächstes Ziel", entgegnete Gasira.

Topaz setzte sich auf einen der freien Stühle. Nach kurzer Überlegung kam sie zu dem Schluss, dass sie am besten ihre unmittelbare Umgebung so weit in den Hintergrund drängte, dass diese für sie kaum noch wahrnehmbar war, um dann nach Lebensformen auf dem Zielplaneten zu suchen. Es würde sich zeigen, ob das gelang. Sie schloss die Augen, um schon einmal versuchsweise die Umgebung auszublenden. Es gelang ihr tatsächlich, die Gefühle der sich an Bord befindlichen Personen so weit zu dämpfen, dass sie nur noch als geringer Impuls im Hintergrund zu spüren waren.

Am Ziel angekommen, wiederholte sie dies und richtete ihre Aufmerksamkeit dann auf den Planeten. Sie ließ sich Zeit und die Brückenbesatzung war währenddessen mucksmäuschenstill, um Topaz nicht in ihrer Konzentration zu stören. Nach einer Stunde brach sie die Suche ab und berichtete: „Ich finde niemanden!" Gasira fuhr mit ihrem Scan noch eine Zeit lang fort, aber auch dieser ergab, dass hier keine Lebensformen existierten. Also flogen sie weiter, ihrem nächsten Ziel entgegen. Bei diesem wiederholten sie den Vorgang, aber nachdem auch hier beide zum gleichen Ergebnis kamen, nahmen sie als sicher an, dass Topaz Lebensformen spüren würde und verkürzten fortan die Scans.

Sie waren gerade wieder einmal im Anflug auf einen der unbewohnten Planeten dieses Systems, als Topaz ein Schmerz durchzuckte. Es dauerte einige Sekunden, bevor sie begriff, dass das nicht ihr eigener war. „Da ist etwas oder besser gesagt, war etwas. Jetzt ist es wieder weg, aber für einen kurzen Moment konnte ich den Schmerz einer anderen Person spüren, der eindeutig vom Planeten vor uns kam."

So sehr sich Topaz auch anstrengte, sie konnte nichts mehr eruieren. Dafür meldete Gasira nach einiger Zeit: „Ich habe da was. Knapp unter der Oberfläche. Zwei humanoide Lebensformen – entweder tot oder bewusstlos."

„Das sehen wir uns an", bestimmte Sanderson.

Topaz sprang auf. „Ron, darf ich mitkommen?"

Ron antwortete: „Natürlich darfst du. Rijaak, Sie kommen auch mit. Commander, informieren Sie den Doktor. Er soll uns im Shuttlehangar treffen."

Als sie im Lift zum untersten Deck fuhren, fiel Topaz etwas ein. „Wir sollten Schutzanzüge tragen. Ich erinnere mich, dass Sagin sehr oft in einem solchen Anzug vor mir stand. Vermutlich weil sie mich mit irgendeiner ansteckenden Krankheit infiziert hatte. Wenn sie das auch mit den Entführten macht …". Sie hielt mitten im Satz inne. „Entschuldigung, das war wohl überflüssig. Wer Dekontaminationskammern auf seinen Schiffen einbaut, der hat auch für Fälle wie diesen entsprechende Maßnahmen parat."

Die beiden Männer nickten und Rijaak bemerkte trocken: „Sie können eben noch nicht alles wissen. Aber wie man sieht, lernen Sie ziemlich schnell, wie's auf unserem Schiff zugeht."

„Ich gebe mir Mühe", antwortete Topaz etwas betreten.

Dr. Ko'Shasi wartete bereits auf dem Hangardeck neben dem vorderen Shuttle auf sie. Die Pioneer verfügte über drei, die wie eine kleinere Ausgabe des riesigen Schiffes aussahen, aber natürlich nur über eine Ebene verfügten. Im vorderen Teil fanden bis zu zehn Personen Platz, der hintere war bewusst freigehalten worden, um dort Geräte oder ähnliches lagern zu können. In diesem Laderaum stand jetzt ein großer viereckiger Kasten, den der Arzt dort platziert hatte. Rijaak übernahm das Steuer und Minuten später waren sie bereits im Anflug auf den Planeten.

Sie würden in der Nähe der georteten Personen landen. Sanft ließ der Sicherheitschef das Shuttle bei den von Commander Gasira übermittelten Koordinaten aufsetzen. Nach der Landung zogen sie zunächst die Schutzanzüge an, die sich in einem der Seitenschränke befanden. Dermaßen ausgestattet machten sie sich auf den Weg. Das Gelände war ein wenig unwegsam und sie mussten sich durch dichtes Buschwerk schlagen. Einige Zeit später aber standen sie plötzlich vor einem Höhleneingang.

Prompt kam die Meldung von Gasira. „Seien Sie bitte vorsichtig! Sie müssten jetzt fast da sein."

„Wir stehen hier vor einem Höhleneingang, Commander, und gehen rein. Ich melde mich in spätestens einer Stunde wieder. Sanderson Ende."

Bereits kurz hinter dem Zugang stießen sie auf zwei Handori, die leblos auf dem Boden lagen. Der Doktor untersuchte sie mit dem medizinischen Scanner. „Sie sind beide tot, der eine hier allerdings noch nicht sehr lange", berichtete er dann.

„Können Sie sagen, woran sie gestorben sind?", wollte Sanderson wissen.

„Ohne Obduktion nicht, Captain."

„Doktor, ich möchte die beiden nicht unbedingt mit an Bord nehmen, wenn es sich vermeiden lässt!"

„Brauchen wir auch nicht. Ich habe unsere mobile Einheit mitgenommen und kann die Obduktionen gleich hier an Ort und Stelle durchführen. Allerdings glaube ich nicht, dass die beiden mit einer ansteckenden Krankheit infiziert wurden. Ich habe da nach den ersten Scans so eine Vermutung. Aber die möchte ich erst bestätigt wissen, bevor ich mich hier zu weit aus dem Fenster lehne."

Das also war der große Kasten, den sie beim Einsteigen gesehen hatten. Sanderson und Rijaak gingen zurück zum Shuttle, um diesen zu holen, während Ko'Shasi weitere Scans an den beiden leblosen Körpern durchführte. Die mobile Einheit enthielt auch eine Diagnoseliege, die Sanderson und Rijaak nun aufstellten und einen der beiden Handori darauf hoben.

„Können wir sonst noch was tun, Doc?", fragte Sanderson.

„Ja, Sie können sich so aufstellen, dass Sie mir nicht aus den Latschen kippen, während ich obduziere", meinte der Arzt lakonisch. Er kannte das zur Genüge, hatte sich früher oft genug um seine Mitreisenden, statt um die Obduktion kümmern müssen.

Für Rijaak stellte das kein Problem dar, hatte er doch schon öfter Obduktionen beigewohnt. Sanderson allerdings begab sich lieber etwas weiter weg. Er war zwar hart im Nehmen, aber er musste sich eine Autopsie nicht unbedingt aus der Nähe anschauen. Topaz setzte sich auf einen größeren Fels in der Nähe des Eingangs und sah bewusst in eine andere Richtung.

Ko'Shasi öffnete zunächst die Schädeldecke und wurde bereits nach kurzer Zeit fündig. „Na bitte, dachte ich's mir doch", murmelte er.

Mit einer Zange entnahm er der Gehirnmasse des Toten etwas und ließ es in die Schale fallen, die neben ihm auf einem kleinen Tisch stand. Ein leises Klirren war zu hören, was Topaz dazu veranlasste, den Kopf in die Richtung des Geräuschs zu drehen. Als sie allerdings die geöffnete Schädeldecke sah, hätte sie sich fast übergeben und sie sah ganz schnell wieder weg. Rijaak hingegen nahm das winzige Teil mit einer Pinzette aus der Schale, um es genauer zu betrachten. Dann stieß er einen kleinen leisen Pfiff aus. „Das sieht mir aber verdammt nach einem Chip aus."

„Ja, das denke ich auch. Deshalb glaube ich auch nicht, dass unsere beiden Freunde hier mit einer Krankheit infiziert wurden. Da steckt was anderes hinter. Aber ich werde jetzt erst mal die Obduktionen zu Ende bringen", äußerte Ko'Shasi.

Bei dem anderen Handori fand er ebenfalls einen Chip im Gehirn. Nachdem der Arzt seine Arbeit beendet hatte, hoben sie zwei Gruben aus und beerdigten die Toten. Spezielle Transportbehälter, die ein Quarantänefeld um die entnommenen Proben und die entfernten Chips legten, verhinderten, dass diese während der Dekontamination in irgendeiner Weise verändert wurden. Sie verstauten alles im Shuttle und flogen zurück zur Pioneer.

An Bord angekommen, machte sich Ko'Shasi sofort mit seiner Ausbeute auf den Weg ins Labor. Drei Stunden später fanden sich die Offiziere dann zu einer Sonderbesprechung zusammen, an der auch Topaz teilnahm. Sanderson sah den Arzt aufmunternd an und dieser fasste das sehr richtig als Aufforderung zum Sprechen auf.

„Um jede Möglichkeit auszuschöpfen, wollte ich alle Tests abschließen, die man gemeinhin bei einer Obduktion durchführt. Auch wenn ich diesmal bereits nach den ersten Scans einen Verdacht hegte, der sich jetzt bestätigt hat. Es finden sich keine Spuren irgendeiner Krankheit in den beiden Körpern. Sämtliche Tests in dieser Richtung waren negativ. Man hat den Handori Chips ins Gehirn eingesetzt und nachdem ich mir die Scans von Miss Topaz noch einmal angesehen habe, und zwar die von der Zeit als ihr Handori-Anteil höher war als der menschliche, kann ich auch ziemlich genau sagen, wozu diese Chips dienten. Man hat diese armen Wesen damit völlig willenlos gemacht."

„Was soll das heißen Doktor?", fragte Topaz, denn sie konnte sich das noch nicht so recht vorstellen.

„Das heißt, die Chips waren so platziert, dass die beiden nicht mehr frei über ihr Handeln entscheiden konnten, sondern nur noch das taten, was man ihnen auftrug", erklärte er ihr.

„Aber woran sind die beiden gestorben? Sie hatten doch keine Wunden und wenn sie auch nicht an einer Krankheit gestorben sind, woran also dann?", fragte Sanderson.

„Diese Chips hatten entweder eine Fehlfunktion oder aber sie wurden absichtlich überlastet. Alles rund um die Einsatzstelle war jedenfalls verbrannt", beantwortete Ko'Shasi die Frage des Captains.

„Lee und ich haben uns die Chips sehr genau angesehen und einen davon auseinander genommen. Die Dinger sind so konzipiert, dass sie mit einer Fernbedienung ein- und ausgeschaltet werden können", ergänzte Rijaak den Bericht des Arztes. „Sehr perfide, wenn Sie mich fragen." Keiner in der Runde widersprach ihm.

„Dann stellt sich wohl die Frage, was Sagin eigentlich vorhat. Was bezweckt sie damit?", bemerkte Gasira.

„Das ist eine sehr gute Frage, auf die ich auch liebend gern eine Antwort hätte", bemerkte der Arzt.

„Und was machen wir jetzt? Klappern wir auch weiterhin jeden Planeten ab?", wollte Lee wissen.

Darüber hatte sich Sanderson schon Gedanken gemacht und er sagte: „Ja, genau das werden wir tun. Hat uns ja schließlich einen ersten Erfolg eingebracht. Vielleicht müssen die ja auch mal irgendwo Lebensmittel an Bord nehmen. Wir werden also weiterhin Kontakt suchen mit jeder Zivilisation, die auf unserem Weg liegt. Ansonsten wie gehabt die unbewohnten Planeten."

Einige Zeit später brachten sie in Erfahrung, dass die Gesuchten auf Kibar Station gemacht hatten, um Waren an Bord zu nehmen. Die Pioneer war also auf dem richtigen Weg.

****

Hazy stand Topaz in ihrem Quartier gegenüber und versuchte, sie zu einem Saunabesuch zu überreden. Die Handori hatte zwar schon davon gehört, dass es an Bord so etwas gab, sich aber bisher nicht dafür interessiert, was das eigentlich war. Nachdem Hazy es ihr erklärt hatte, fragte sie zweifelnd: „Und das soll gut sein?"

„Na klar, das ist sehr entspannend", versprach er.

„Also schön. Aber ich werde zunächst Dr. Ko'Shasi fragen und wenn er keine Einwände hat, komme ich mit", ließ sie sich schließlich darauf ein.

„Hab ich längst gemacht", kam die prompte Antwort.

Topaz knuffte ihn leicht in die Rippen und fragte belustigt: „Du hast wohl auch an alles gedacht, was?"

Etwas verlegen antwortete Hazy: „Nicht böse sein. Bei deiner Vorgeschichte dachte ich eben, das wäre besser, als dich einfach mit da hinzuschleppen."

„Wie kommst du darauf, dass ich böse sein könnte? Ganz im Gegenteil", beruhigte sie ihn. Plötzlich streifte etwas ihr Bewusstsein. „Wir haben Besuch bekommen", erklärte Topaz und als sie Hazys fragenden Blick bemerkte, setzte sie hinzu: „Es ist jemand an Bord gekommen."

„Topaz wir sind mitten im Weltraum und es gibt auch weit und breit kein anderes Schiff. Wie sollte ...", aber er vollendete den Satz nicht, sondern stellte stattdessen fest: „Wenn du das sagst, dann ist jemand an Bord gekommen." Schon längst hatte er begriffen, dass in seiner Freundin Fähigkeiten schlummerten, von denen sie selber noch nicht wusste, dass sie sie besaß. Aber nach und nach würden sie zu Tage treten – so wie jetzt. Schon zum zweiten Mal innerhalb kurzer Zeit wurde Topaz davon überrascht, dass es Menschen gab, die ihr unglaublich viel zutrauten. Sie freute sich so sehr darüber, dass sie Hazy spontan umarmte und ihm einen Kuss auf die Wange gab. Völlig perplex fragte er: „Womit hab ich das denn verdient?" Aber er hatte die Frage kaum ausgesprochen, da beschlich ihn eine Ahnung, was in ihr vorging.

„Danke für dein Vertrauen, lieber Freund", gab Topaz dann auch prompt zur Antwort, bevor sie erklärte: „Ich muss jetzt aber leider gehen."

Gasira war sehr überrascht, als Topaz so unverhofft auf der Brücke auftauchte.

„Commander, ich muss unbedingt in den Besprechungsraum. Bitte, es ist wichtig", sagte die Handori mit Nachdruck.

„Das kann ich Ihnen leider nicht gestatten. Befehl des Captains, niemand darf dort hinein!", antwortete der Erste Offizier.

Topaz überlegte fieberhaft. Wie sollte sie Gasira bloß erklären, dass irgendetwas tief in ihr drin sie dazu bewogen hatte, hierher zu eilen? Der Handori fiel nichts weiter ein, als schlicht und einfach zu sagen: „Es ist jemand an Bord gekommen, nicht wahr?"

Der Erste Offizier war zunächst sehr verblüfft, kam dann aber zu dem Schluss, dass es vielleicht sogar hilfreich sein könnte, wenn sie Topaz durchließ.

Ron erklärte gerade zum wiederholten Male: „Wir können und wir werden jetzt nicht nach Handor fliegen." Als er die sich öffnende Tür hörte, drehte er sich erstaunt um. Er hatte doch Befehl gegeben, niemanden in den Besprechungsraum zu lassen. Sein Erstaunen wurde noch größer, als er sah, wer den Raum betrat.

Topaz trat zu ihm hin und sagte: „Entschuldige, ich habe Gasira überredet, mich durchzulassen." Dann sah sie zu dem Fremden hinüber, der - bewacht von Rijaak - am anderen Ende des Raumes stand.
Ron folgte ihrem Blick und fragte: „Kennst du ihn?"
„Nein und ja", kam die verwirrende Antwort. Ron sah sie nur fragend an und Topaz erklärte: „Ich habe diesen Mann noch niemals zuvor gesehen und trotzdem ist da irgendetwas Vertrautes, so als müsste ich ihn kennen."
Mit dieser Aussage konnte Ron zwar auch nicht viel anfangen, aber er vertraute Topaz. Und vielleicht konnte sie ja endlich Licht in diese Angelegenheit bringen.

Es war alles völlig normal gewesen, keine besonderen Vorkommnisse. Auf der Brücke hatte gerade das Team für die Nachschicht seinen Dienst angetreten. Ihr nächstes Ziel, das sie sich ansehen wollten, lag noch zwei Tagesreisen entfernt und nichts deutete darauf hin, dass sich bis dahin irgendetwas ereignen würde. Doch plötzlich stand dieser Fremde auf der Brücke – genau vor Sandersons Kommandosessel tauchte er auf! Der Captain reagierte geistesgegenwärtig und blitzschnell. Er sprang aus seinem Sessel auf und schickte den Eindringling erst einmal mit einem Judogriff zu Boden.

Rijaak reagierte ebenso schnell wie sein Captain, schnappte sich die Waffe, die in einem Fach seiner Konsole lag, und richtete diese auf den am Boden liegenden Eindringling. „Stehen Sie auf, aber langsam!", befahl Sanderson. Als er wieder auf seinen Füßen stand, sagte der Fremde: „Sie müssen mich nach Handor bringen." Das war alles, was er von sich gab, auch als man ihn im Besprechungsraum befragte. Er wiederholte immer nur diesen einen Satz, ohne jedwede Erklärung.

Topaz ging zu dem Fremden hinüber und sprach ihn an: „Wir sind uns noch niemals zuvor begegnet und trotzdem habe ich das Gefühl, Sie zu kennen. Wer sind Sie?"
Auch der Fremde sah sie jetzt neugierig an. Als er an Bord materialisierte, hatte er etwas Vertrautes gespürt, aber nicht weiter darauf geachtet. Er war schon so oft auf Missionen geschickt worden, dass kleine Nebenwirkungen nicht ausblieben. Aber jetzt wurde er nachdenklich. Diese Frau – es war so, wie sie sagte: Sie kannten sich nicht und doch war da etwas seltsam Vertrautes. Lange sah er Topaz an, dann dämmerte ihm eine Ahnung. „Halen? Aber das ist unmöglich!"
„Nein. Ich bin natürlich nicht Halen. Ich bin seine und Dirias Tochter." Ganz flüssig ging ihr das jetzt über die Lippen. Der Fremde schüttelte ungläubig den Kopf und dennoch wusste er, dass Topaz die Wahrheit sprach. Sie wollte sein Vertrauen gewinnen, um mehr über ihn zu erfahren, und so erzählte sie ihm in Kurzform ihre Geschichte.

Er hörte ihr aufmerksam zu und als sie geendet hatte, sagte er schlicht: „Jetzt verstehe ich."

„Verraten Sie uns nun, wer Sie sind?", fragte sie ihn.

Er sah Topaz freundlich nickend an und erzählte dann: „Ich war einmal ein Teil von Halen. Meine Spezies hat sich im Laufe der Evolution zu reiner Energie entwickelt, das heißt, wir existieren nur noch auf geistiger Ebene. Aber wir haben es uns zur Aufgabe gemacht, anderen Lebewesen zu helfen, wenn diese es zulassen. Das können wir allerdings nur, wenn wir jemanden finden, der bereit ist, uns für eine gewisse Zeit seinen Körper zur Verfügung zu stellen, ihn mit uns zu teilen, verstehen Sie? Ich war schon seit einiger Zeit zu Gast in Halen, als ich den Auftrag erhielt, den Handori zu helfen. Da ihn nichts mehr auf der Erde hielt, machte er mir den Vorschlag, auch weiterhin in ihm zu bleiben. Deshalb sind wir beide auf Handor gelandet. Schon während unserer Mission lernte er Diria kennen und nach dem erfolgreichen Abschluss blieb er auf Handor, um sie zu heiraten. Ich allerdings nahm Abschied von meinem langjährigen Weggefährten und von Handor. Jetzt bin ich wieder auf dem Weg dorthin."

Bei den letzten Worten sah er Sanderson an, aber dieser machte eine abwehrende Handbewegung und sagte: „Nein, bitte nicht schon wieder. Wir haben ebenfalls eine Mission zu erfüllen, Mister …? Haben Sie eigentlich auch einen Namen?"

Der Fremde lächelte freundlich und sagte: „Bitte verziehen Sie. Mein Name ist Jarno Thy. Sie können mich Jarno nennen."

Sanderson erklärte Jarno kurz, worin ihre Mission bestand und versprach ihm anschließend: „Wenn wir das erfolgreich zu Ende gebracht haben, fliegen wir nach Handor, das verspreche ich, aber nicht jetzt."

„Einverstanden. Ich danke Ihnen, Captain."

Sanderson nickte. „Mein Sicherheitschef wird Sie in eines unserer Gästequartiere geleiten."

„Bin ich auf dieses Quartier beschränkt?"

„Nein, Sie dürfen sich frei auf dem Schiff bewegen. Zumindest in den öffentlich zugänglichen Bereichen", erklärte Sanderson.

„Ich werde mich daran halten", versprach Jarno und wandte sich dann an Topaz: „Ich würde gerne mehr über Sie erfahren."

„Wir werden sicherlich in den nächsten Tagen ausreichend Gelegenheit haben, uns zu unterhalten. Für heute sollten Sie sich etwas ausruhen. Ich vermute doch wohl richtig, dass zumindest Ihr Gastkörper Schlaf braucht?"

Jarno nickte, verbeugte sich leicht vor Sanderson und Topaz und folgte dann Rijaak zu dem ihm zugedachten Quartier.

Der Captain sah den beiden kurz nach und drehte sich dann zu Topaz um. „Was hältst du von ihm?"

„Er könnte uns viel mehr sagen, wenn er das wollte. Ich werde ihm morgen – wie heißt das noch gleich? – auf den Zahn fühlen", beantwortete sie seine Frage.

„In Ordnung. Aber sei vorsichtig. Der Kerl stand plötzlich mitten auf der Brücke. Wer weiß, was er noch für Tricks drauf hat", warnte Sanderson.

Topaz schüttelte den Kopf und erklärte: „Jarno ist nicht gefährlich. Er gibt nur sehr wenig von sich Preis. Und ich bin mir nicht sicher, ob sich daran etwas ändern lässt."

Ron fuhr sich mit der Hand durch seinen dichten Haarschopf. „Na schön, ich vertraue da ganz auf deine Fähigkeiten und dein Urteilsvermögen. Eine Frage hätte ich allerdings noch. Wie bist du an Gasira vorbeigekommen?"

„Ich habe ihr einfach gesagt, dass jemand an Bord gekommen ist. Das hat gereicht. Sie wird doch deshalb jetzt keine Schwierigkeiten bekommen oder?"

„Nein, natürlich nicht. Gasira weiß sehr genau, wann Eigeninitiative gefragt ist. Deshalb habe ich sie zu meinem Ersten Offizier gemacht."

„Gut", sagte Topaz erleichtert und erklärte: „Ich würde auch niemals ohne Grund auf die Brücke oder in einen der anderen Diensträume kommen."

„Das weiß ich. Und ohne dich würde ich vermutlich immer noch hier stehen und versuchen, Jarno klarzumachen, dass wir nicht nach Handor fliegen können." Nachdenklich und wie zu sich selbst setzte er hinzu: „Auf so etwas hätte ich auch schon früher kommen können."

„Worauf?" Topaz sah ihn verwirrt und fragend an.

„Darauf, dass du während dieser Mission unter Umständen Zugang zu Räumen haben musst, die normalerweise nur der Crew vorbehalten sind. Das werde ich jetzt ändern", erklärte er und berührte Topaz leicht am Ellbogen. „Komm bitte mit."

Die auf der Brücke verbliebenen Offiziere warfen immer mal wieder einen verstohlenen Blick auf die Tür zum Besprechungszimmer. So etwas wie heute hatten sie auch noch nicht erlebt. Erst erschien ein völlig Fremder aus dem Nichts auf der Brücke und dann Topaz, die genau zu wissen schien, was vorgefallen war. Als sich die Tür hinter der Handori schloss, sprach Juan laut aus, was auch Gasira und Lee insgeheim dachten: „Wir sollten uns wohl besser daran gewöhnen, dass sie viel mehr mitkriegt als wir oder?" Als er sich umdrehte, sah er in beifällige Gesichter und setzte hinzu: „Dachte ich's mir doch."

Drei Paar Augen sahen sie fragend an, als Sanderson mit Topaz die Brücke betrat. Um sie nicht unnötig auf die Folter zu spannen, gab Ron eine kurze Zusammenfassung über die Geschehnisse im Besprechungsraum.

„Ich werde Ihnen in der nächsten Konferenz ausführlicher berichten. Eins noch, Commander. Von jetzt an hat Topaz Zugang zu allen Räumen. Machen Sie bitte einen entsprechenden Eintrag im Logbuch und veranlassen Sie alles Notwendige."

„Ja Captain. Eine gute Idee, wenn ich das anmerken darf."

„Sie dürfen. Aber sagen Sie jetzt nicht, das hätte mir auch schon früher einfallen können. Der Satz gehört mir."

„Ja, ich erinnere mich, so etwas Ähnliches schon mal gehört zu haben", bemerkte Gasira mit einem süffisanten Lächeln.

Sanderson bemerkte jetzt in sichtlich entspannter Stimmung: „Okay Leute. Dann bringen wir mal die restliche Schicht hinter uns. Ich hoffe doch, die wird ab jetzt genauso langweilig wie fast jede andere Nachtschicht auch."

Topaz hatte plötzlich das Gefühl, alle würden sie auffordernd ansehen, und sie brauchte einen Moment, bevor sie begriff warum. „Oh, natürlich. Ich werde dann mal gehen."

Als Ron am nächsten Morgen ins Quartier kam, schlief Topaz noch. Er ging leise ins Bad, um sich zu duschen. Als er zurückkam, saß sie aufrecht im Bett, streckte sich und sagte schlaftrunken: „Hab ich doch richtig gehört. Guten Morgen."

„Guten Morgen, du Schlafmütze. Das ist ja was ganz Neues, dass du noch im Bett liegst, wenn ich vom Dienst komme."

„Ich war gestern mit Hazy in der Sauna. Scheint ein gutes Schlafmittel zu sein", erklärte sie gähnend.

„Was ist, kommst du mit Frühstücken oder möchtest du weiterschlafen?", fragte Ron amüsiert.

„Nein, ich komme mit", sagte sie, krabbelte aus dem Bett und verschwand im Badezimmer.

Sie brauchte nicht lange, um sich fertig zu machen und schon nach einer Viertelstunde waren die beiden auf dem Weg zur Messe.

„Unser Gast ist wohl ein Frühaufsteher", bemerkte Sanderson, als sie dort ankamen. Auch Topaz hatte Jarno entdeckt, der bereits an einem Tisch saß. Die beiden bedienten sich am Büffet und gingen dann zu ihm.

„Dürfen wir uns zu Ihnen setzen?", fragte Topaz.

„Aber ja natürlich. Das irdische Essen ist übrigens noch genauso gut, wie ich es in Erinnerung habe." Genießerisch schloss Jarno für einen Moment die Augen.

„Es freut mich, wenn es Ihnen schmeckt", äußerte Sanderson.

Jarno sah Topaz an. „Wie wär's, wollen Sie mir nicht noch ein bisschen von sich erzählen?"

„Das Gleiche wollte ich Sie auch gerade fragen", antwortete die Handori freundlich, aber bestimmt.

„Verstehe. Ehrlich gesagt, darf ich Ihnen nicht viel mehr verraten als das, was ich gestern bereits erzählt habe."

„Ist wohl so eine Art Ehrenkodex?", warf Sanderson in die Unterhaltung ein.

Jarno nickte. „Ja, so was in der Art. Wir helfen, wenn es erforderlich und gewünscht ist. Aber das geht besser, wenn man sich nicht großartig darüber auslässt", erläuterte er.

„Das kann und werde ich akzeptieren", versicherte Sanderson.

Auch Topaz nickte und sagte: „Wollen wir nachher vielleicht einen Spaziergang im Park machen? Dann werde ich Ihnen gerne mehr von mir erzählen."

„Eine schöne Idee. Ich habe übrigens gestern Abend noch nachgedacht. Ich bin mir nicht sicher, ob mein Auftauchen hier auf dem Schiff etwas mit meinem Auftrag zu tun hat oder ob Topaz mich hierher gebracht hat. Aber da ich nun mal hier bin und Sie auf einer

Rettungsmission sind, werde ich Ihnen helfen, wenn ich kann."

„Danke für das Angebot, Mr. Jarno, wenn wir Sie benötigen, komme ich gerne darauf zurück", erwiderte Sanderson.

Topaz blickte Jarno etwas verwirrt an und fragte: „Wie hätte ich Sie hierher bringen können? Und wieso überhaupt?"

„Haben Sie sich denn niemals gewünscht, Ihre Eltern kennenzulernen?", kam die Gegenfrage von Jarno.

„Doch natürlich", musste sie zugeben und plötzlich begriff sie. „Sie meinen, das könnte der Auslöser gewesen sein?"

Jarno nickte. „Schon möglich. Etwas von Halen steckt immer noch in mir."

Ko'Shasi, der gerade mit einem voll beladenen Tablett an ihrem Tisch vorbeikam, stoppte abrupt und fragte höflich: „Darf ich mich vielleicht zu Ihnen setzen?"

Sanderson forderte den Arzt mit einer freundlichen Geste auf, Platz zu nehmen und stellte ihn kurz vor. Ron vermutete, dass Ko'Shasi neugierig auf den Gast war, der sich gestern Nacht so unvermittelt an Bord eingefunden hatte. Auf einem Schiff ließ sich so etwas nicht geheim halten und es hatte sich sicherlich schon überall herumgesprochen.

Der Arzt nahm Platz und wandte sich dann direkt an ihren Besucher: „Bitte verzeihen Sie meine Neugier, Mr. Jarno. Ich habe eben Ihre Bemerkung darüber gehört, dass noch etwas von Halen in Ihnen steckt. Geht das eigentlich auch umgekehrt? Ich meine, bleibt auch etwas von Ihnen in den jeweiligen Gastkörpern zurück?"

„Ja, schon möglich. Ich habe noch niemals darüber nachgedacht. Es wäre aber nicht schädlich für den Gastkörper, wenn Sie darauf hinaus wollen", antwortete Jarno.

„Nein, darauf will ich nicht hinaus", meinte Ko'Shasi kopfschüttelnd. „Wenn ich mal raten darf: Ihre Spezies war früher genauso körperlich wie unsere, nicht wahr? Verfügten Sie da eigentlich über Selbstheilungskräfte?"

Jarno erklärte: „Ja, wir waren körperlich und wir verfügten über solche Kräfte. Aber diese benötigen wir jetzt nicht mehr und sie haben sich zurückgebildet, sind fast nicht mehr vorhanden. Ich verstehe Ihre Fragen nicht, Doktor."

Aber Topaz verstand sie sehr wohl. War das wirklich möglich? Sollte etwas von Jarno oder besser gesagt Thy – denn das war die Entität in Jarno – in ihr stecken? Sozusagen mit der DNA transferiert worden sein, die Sudir benutzt hatte? Und sollten diese Heilkräfte dafür gesorgt haben, dass ihr Körper die rasanten Veränderungen überstand und sie danach aufwachte? Sie erinnerte sich nur zu gut an die Stimme tief in ihrem Inneren.

Als sie ihre Gedanken laut aussprach, nickte Ko'Shasi bestätigend. „Genau das habe ich gemeint."

„Interessante Theorie. Da könnte sogar was dran sein. Und vielleicht war das auch mit ein Grund, warum ich hier an Bord materialisiert bin. Genau lässt sich das wohl nicht klären", meinte Jarno, wandte sich dann direkt an Topaz und fragte: „Ich hoffe doch, Sie können damit leben?"

„Warum sollte ich nicht? Es sei denn, Sie entpuppen sich als Monster. Aber das wage ich doch zu bezweifeln", antwortete die Handori.

Nach dem Frühstück nahm Topaz Jarno wie versprochen mit in den Park und gab zunächst Minds Bescheid, dass sie heute nicht arbeiten würde. Jarno betrachtete voller Interesse die Umgebung und bemerkte: „Sehr schön, wirklich."

„Ja, das finde ich auch. Kommen Sie, gehen wir ein Stück."

Sie verbrachten viele Stunden dort und Topaz erzählte Jarno ihre Lebensgeschichte. Er unterbrach sie nur ganz selten, um etwas zu fragen. Als sie fertig war mit ihrer Erzählung, schwieg er eine ganze Weile.

„Wenn ich das richtig verstehe, dann sind in dieser ganzen Angelegenheit viele Fehler gemacht worden, und zwar von allen", sagte er schließlich.

„Ich fürchte, das ist so. Allerdings habe ich das erst verstanden, lange nachdem ich Handor verlassen hatte. Überhaupt habe ich vieles erst nach meinem Weggang in einem anderen, vielleicht richtigen Licht gesehen", gestand Topaz.

Sie gingen eine Weile schweigend nebeneinander her, dann bat Topaz: „Jarno, auch wenn Sie mir nichts über Ihre Zeit mit Halen verraten dürfen, können Sie mir dann nicht wenigstens etwas über ihn und Diria erzählen? Ich meine, wie die beiden so waren."

Jarno rieb sich das Kinn und dachte einen Moment nach. „Ja, wie waren die beiden? Willensstark – die beiden wussten genau, was sie wollten. Halen ging immer den geraden Weg zum Ziel. Oft musste ich ihn abbremsen, damit unsere Sache nicht darunter litt. Diria war eine starke Frau, aber sie war um einiges diplomatischer als Halen, wenn es darum ging, Dinge durchzusetzen. Vor allem aber waren beide grundehrlich und mutig und die Leute vertrauten ihnen. Ich entdecke viele dieser Eigenschaften in Ihnen wieder, Topaz."

„Früher hätte ich Ihnen widersprochen, aber jetzt nicht mehr", bemerkte die Handori lächelnd.

Am frühen Nachmittag kehrte sie in ihr Quartier zurück. Ron war gerade aufgestanden und genehmigte sich eine Tasse Kaffee. „Oh, das ist eine gute Idee. Darf ich?" Sie nahm ihm die Tasse aus der Hand und trank einen Schluck. „He, das ist mein Kaffee", kam sein keineswegs Ernst gemeinter Protest. Er liebte diese Vertrautheit, die sich mittlerweile zwischen ihnen eingestellt hatte und in solch kleinen Gesten zum Ausdruck kam. „Da muss ich dir wohl eine kleine Entschädigung anbieten." Noch während sie sprach, stellte sie die Tasse ab und küsste ihn dann, dass ihm die Luft wegblieb. „Donnerwetter, kannst du das noch mal wiederholen?" „Ich hab da noch eine bessere Idee. Wir haben doch wohl noch Zeit, bis du zum Dienst musst oder?", flüsterte sie ihm ins Ohr. Drei Stunden später schüttete er den Rest des kalt gewordenen Kaffees in den Ausguss. Nachdem sie sich beide mit einem frischen bewaffnet hatten, ließen sie sich auf dem Sofa nieder und Topaz erzählte Ron von ihrem Tag mit Jarno.

Aber noch bevor er sich dazu äußern konnte, meldete sich die Brücke. „Wir haben Kontakt zu den Amalanern, Sir."

„Ich bin unterwegs", ließ Sanderson den Diensthabenden wissen.

Er wandte sich an Topaz „Du kommst besser auch mit."

„Wieder einer der bewohnten Planeten am Wegesrand?" fragte sie und Sanderson nickte bestätigend.

Im Lift erzählte er ihr, dass die Küche um Auffüllung der Reserven gebeten und er daraufhin entschieden hatte, den nächstgelegenen bewohnten Planeten anzusteuern. Als sie auf der Brücke ankamen, gab Sanderson dem an der Kommunikation arbeitenden Ensign ein Zeichen. „Stellen Sie die Verbindung her, Mr. Mayers." Im nächsten Moment erwachte der Bildschirm zum Leben.

„Ich bin Elin, Beauftragter des Planeten Amal. Was kann ich für Sie tun?"

„Ich bin Captain Ronald Sanderson vom Erdenschiff Pioneer. Mr. Elin wir müssten unsere Vorräte auffüllen und wären Ihnen sehr dankbar, wenn wir das auf Ihrem Planeten tun könnten."

„Das ist überhaupt kein Problem. Kann ich sonst noch etwas für Sie tun?"

„Ja. allerdings. Wir sind auf der Suche nach zwei Leuten. Vielleicht haben diese ja Station gemacht auf Amal", erwiderte Sanderson und beschrieb Sagin und ihren Begleiter.

Elin zuckte bei der Beschreibung der beiden innerlich zusammen, das konnte Topaz deutlich spüren. Er fragte dann auch sehr vorsichtig und verhalten: „Sind das Freunde von Ihnen?"

Topaz, die sich bisher wie immer im Hintergrund gehalten hatte, trat jetzt neben Sanderson. „Nein, ganz gewiss nicht. Und von Ihnen offensichtlich auch nicht."

Elin sah sie an und stellte fest: „Sie verfügen über telepathische Fähigkeiten."

„Ja, genau wie Sie", antwortete Topaz schlicht.

Der Amalaner nickte. „Sie haben recht, und zwar mit allem. Die beiden waren hier und haben uns nicht besonders gut gefallen, wenn ich das mal so ausdrücken darf. Sehen Sie, wir sind ein friedliches Volk und die beiden strahlten etwas sehr Schlechtes, außerordentlich Gewalttätiges aus. Deshalb waren wir jedes Mal froh, wenn sie Amal wieder verlassen hatten."

Sanderson und Topaz sahen sich an.

„Das klingt, als wären sie des Öfteren auf Ihrem Planeten gewesen", stellte Sanderson fest.

„So ist es Captain und immer verlangten sie vor allen Dingen nach Lebensmitteln. Als sie vor zwei Tagen hier waren, haben sie allerdings erheblich mehr mitgenommen als sonst."

Sanderson beschloss, mit offenen Karten zu spielen und erklärte Elin, warum sie Sagin und ihren Begleiter suchten. „Offensichtlich haben die hier irgendwo in der Nähe einen Unterschlupf gefunden, während wir sie im Rest der Galaxie suchten. Aber wie es scheint, haben wir jetzt doch eine Chance, sie zu erwischen."

„Ich kann Ihnen nicht direkt dabei helfen, diese Leute zu finden, Captain, aber eines kann ich für Sie tun. Übermitteln Sie mir eine Liste mit den Dingen, die Sie benötigen. Die werden dann schon bereit stehen, wenn Sie hier eintreffen und Sie bräuchten die Sachen nur noch einladen und könnten weiterfliegen."

„Danke, Mr. Elin. Das ist sehr freundlich von Ihnen." Sanderson erklärte dem Amalaner das Procedere, mit dem sie normalerweise bezahlten. Nur würde dafür bei dem von Elin vorgeschlagenen Vorgehen keine Zeit bleiben.

„Captain Sanderson, ich vertraue Ihnen. Ich bin überzeugt davon, dass Sie irgendwann wiederkommen werden, um zu bezahlen."

Sanderson nickte und bestätigte: „Das werden wir. Es kann vielleicht einige Zeit dauern, aber wir werden wiederkommen. Das verspreche ich Ihnen."

Als Sie Amal erreichten, standen die Waren wie versprochen schon zum Verladen bereit. Sie stapelten einfach alles in einem der Lagerräume. Die Küchencrew würde sich mit einigen freiwilligen Helfern während des Weiterfluges darum kümmern, alles richtig unterzubringen. Elin übergab ihnen auch noch eine Karte, auf der er mögliche Planeten im Umkreis von ein paar Tagesreisen gekennzeichnet hatte, die Sagin und ihren Leuten als Domizil dienen könnten.

****

Topaz kleidete sich gerade an. In Kürze würden sie wieder einen der von Elin gekennzeichneten Planeten erreichen. Plötzlich durchzuckte die Handori ein Schmerz. Diesmal wusste Topaz sofort: Da war jemand auf dem Planeten! Hastig zog sie sich ihre Bluse über und eilte dann aus dem Quartier. Ron war bereits auf der Brücke, wie immer, wenn sie sich einem ihrer Ziele näherten.

Topaz hatte sich so beeilt, dass sie erst einmal Luft holen musste, als sie auf der Brücke ankam. Japsend sagte sie: „Da ist jemand auf dem Planeten und er hat Schmerzen."

„Das kannst du jetzt schon spüren? Wir sind noch zwei Stunden entfernt!", erwiderte Ron erstaunt.

Die Handori nickte nur und Sanderson ordnete an: „Juan, erhöhen Sie die Geschwindigkeit auf Maximum!"

„Damit erreichen wir den Planeten in 30 Minuten!", verkündete der Pilot.

Topaz nahm auf einem der freien Stühle Platz und versuchte, mehr herauszufinden. „Es gibt nur diese eine Lebensform auf dem Planeten", stellte sie nach kurzer Zeit fest.

„Miss Topaz, ich weiß, Sie tun das normalerweise nicht, aber wenn ich nur scanne, kann es unter Umständen Stunden dauern, bis wir die Person finden. Könnten Sie nicht Kontakt mit ihr aufnehmen?"

Mit dieser Feststellung hatte Gasira recht, das wusste Topaz. Wenn sie keinen Anhaltspunkt hatten, wo sie suchen sollten, könnte es vielleicht zu spät sein. Die Handori rang mit sich und gab dann etwas widerstrebend nach.

Als sie in den Orbit einschwenkten, tastete sich Topaz behutsam vor und übermittelte die Botschaft: »*Bitte erschrecken Sie nicht. Wir sind hier, um Ihnen zu helfen. Um Sie schnell finden zu können, müssen Sie uns Ihren Aufenthaltsort zeigen.*«

Aber sie konnte durch seinen Schmerz hindurch spüren, dass Panik in dem Mann hochstieg. Schnell zog sie sich wieder zurück und berichtete: „Das geht so nicht, Commander, tut mir leid. Der Ärmste regt sich viel zu sehr auf. Ich konnte allerdings feststellen, dass er in der Nähe eines Höhlenausgangs liegt und sich vor der Höhle ein Plateau befindet." Topaz kam plötzlich eine Idee und sie stieß gedankenverloren hervor: „Jarno!"

„Was willst du damit sagen?", fragte Ron.

„Er hat doch erzählt, seine Spezies würde nur noch aus reiner Energie bestehen", antwortete Topaz.

Plötzlich verstand Sanderson, worauf sie hinauswollte und bat seinen Bruder. „Lee, hol bitte Mr. Jarno auf die Brücke", dann wandte Ron sich wieder zu Topaz um. „Ich liege doch wohl richtig damit, dass du vorhast, dich mit ihm zu verbinden?"

„Ja, wenn er es zulässt und wenn das überhaupt möglich ist. Dann könnte Gasira von hier aus scannen und wir einen anderen Teil des Planeten absuchen. Er kann sich sicherlich viel schneller bewegen als wir", erklärte Topaz.

Schon ein paar Minuten später kam Lee in Begleitung von Jarno zurück und Topaz erläuterte Letzterem, was sie vorhatte.

„Ich weiß nicht, ob das funktioniert. Aber ich bin bereit, es zu versuchen. Am ehesten klappt es sicherlich, wenn Sie mir gestatten, Ihren Körper kurz mit mir zu teilen", erklärte Jarno.

„Ja, das dachte ich mir auch. Ich bin bereit", antwortete die Handori.

Sanderson unterbrach die beiden und sagte: „Einen Moment noch bitte! Wir sollten das Ganze so effizient wie möglich gestalten. Wenn ich Ihnen auf der Karte einen Ort zeige, finden sie den auf dem Planeten wieder?" Als Jarno nickte, traten beide an Gasiras Station und Sanderson fuhr fort: „Gut, ich werde mit Rijaak und Dr. Ko'Shasi hier Stellung beziehen und auf Nachricht warten, damit wir sofort die Bergung starten können, wenn einer von Ihnen den Mann gefunden hat."

Während Sanderson und Rijaak sich Richtung Hangar aufmachten, trat Jarno wieder zu Topaz. Etwas, das aussah wie hauchdünnes zartes Gewebe, verließ seinen Körper und schlüpfte in Topaz hinein. Die Handori schwankte leicht, fing sich aber sofort wieder und sagte: „Es hat funktioniert." Gleich darauf glitt Thy wieder aus ihrem Körper heraus und verließ das Schiff. Der freie Flug durchs All erschreckte Topaz im ersten Moment etwas, aber dann genoss sie diesen so anders anmutenden Blick auf die Sterne und die Pioneer. Schon tauchten sie in die Atmosphäre des Planeten ein und erreichten im nächsten Moment die Oberfläche. Hier hielten sie kurz inne, damit Topaz sich orientieren konnte. Sie spürte wieder den Schmerz und diesmal konnte sie dank Thy auch die Richtung bestimmen, aus der er kam. Sie begannen mit der Suche. Zwischendurch verlor Topaz plötzlich eine Zeit lang den Kontakt zu dem Handori, dann jedoch traf sie der Schmerz unvermittelt wieder und heftiger als zuvor! Sie mussten jetzt ganz nah sein. Topaz sammelte nochmals ihre ganze Energie und kurze Zeit später standen sie vor dem richtigen Berg. In ungefähr zehn Meter Höhe erstreckte sich ein Plateau mit der Höhle, in der ein junger Handori lag. Thy sorgte dafür, dass sie das Shuttle fanden und wies den Männern den Weg zum Plateau. Er und Topaz blieben noch so lange, bis der Handori sicher geborgen war und das Shuttle abhob.

Sanderson setzte sich während des Rückflugs mit der Pioneer in Verbindung. „Commander, zwei Pfleger sollen zum Hangar kommen und Topaz soll uns bitte auch dort treffen. Ich erkläre dann alles Weitere."

Sie mussten auch gar nicht lange warten und das Shuttle landete wohlbehalten auf der Pioneer. Als sich die Türen der Dekontaminationskammer öffneten, brachten die Pfleger und Dr. Ko'Shasi den Handori sofort auf die Krankenstation.

Sanderson wandte sich an Topaz. „Der Junge hat auch so einen verdammten Chip und Ko'Shasi wird ihn herausoperieren. Bitte geh auf die Krankenstation und versuche, etwas zu erfahren, wenn der Handori aufwacht. Vielleicht kann er uns ja sagen, wohin Sagin verschwunden ist. Wir werden in der Zwischenzeit

Langstreckenscans durchführen, um eine Spur von ihrem Schiff zu finden."

Anderthalb Stunden später war die Operation vorbei und zwei Helfer schoben die Liege mit dem Handori in eine der Nischen. Als Ko'Shasi hinzutrat, fragte Topaz: „Wie geht es ihm? Hat er die OP gut überstanden?"

„Ja, hat er. Eigentlich würde ich ihn gerne noch etwas schlafen lassen. Aber ich weiß, wir brauchen dringend Informationen", bemerkte der Arzt und setzte einen Injektor an den Hals des jungen Mannes.

Augenblicke später erwachte dieser aus der Narkose. Als er die beiden Personen neben seinem Bett sah, wollte er panisch aufspringen, aber Topaz legte ihm beruhigend eine Hand auf die Schulter. „Ganz ruhig. Wir werden Ihnen nichts tun. Dieser Mann hier", mit der freien Hand wies sie auf Ko'Shasi, „hat Ihnen den Chip entfernt. Niemand wird Sie mehr quälen. Verstehen Sie das?"

Sie hatte bewusst darauf verzichtet, Ko'Shasi als Arzt vorzustellen. Im Moment war der Handori vermutlich nicht gut auf Ärzte zu sprechen. Schließlich wollte Topaz ihn beruhigen und nicht noch mehr aufregen. Tatsächlich wich ganz allmählich die Panik aus dem jungen Mann und er ließ sich einigermaßen entspannt in die Kissen zurücksinken, blieb aber trotzdem wachsam.

„Mein Name ist Topaz", stellte sie sich vor.

„Ja ich weiß. Ich habe Sie erkannt, auch wenn Sie anders aussehen als auf den Bildern, die ich von Ihnen gesehen habe", antwortete er.

So ruhig und gelassen sprach er das aus. Lodi hatte also recht, die jüngere Generation hegte absolut keine Vorurteile gegen sie.

Unwillkürlich musste Topaz lächeln und fragte: „Verraten Sie uns Ihren Namen?"

Der Handori nickte und sagte: „Ich heiße Arvin. Wo bin ich hier?"

„Auf dem Erdenschiff Pioneer. Wir haben Sie gefunden und an Bord geholt, um Ihnen zu helfen", erklärte Topaz. Sie setzte jetzt alles auf eine Karte und fragte gerade heraus: „Arvin, wir sind seit langer Zeit auf der Suche nach Sagin und ihrem Begleiter, um ihnen das Handwerk zu legen. Können Sie uns helfen, die beiden zu finden?"

Als sie den Namen seiner Peinigerin nannte, zuckte Arvin sichtlich zusammen. Aber er überlegte blitzschnell, dass Topaz wohl die Wahrheit sagen musste. Denn warum sonst hätte man ihm helfen sollen und ihn von diesem Ding befreit, das ihn gequält und zu Dingen gezwungen hatte, die er eigentlich nicht tun wollte?

„Ich weiß nicht viel", sagte er und dann durchzuckte ihn eine Erinnerung. „Sie waren auch in meinem Kopf. Nicht wahr?"

Schuldbewusst sah Topaz Arvin an. „Ja", gestand sie, „ich wollte versuchen, Sie auf diese Weise ganz schnell zu finden. Ich entschuldige mich dafür."

Er glaubte ihr. Allmählich fasste er Vertrauen zu dieser Frau. „Sie brauchen sich nicht zu entschuldigen. Ich war damals nicht ich selbst, sonst hätte ich sicherlich erkannt, dass Sie mir helfen wollten."

„Miss Topaz, Arvin ist sehr erschöpft. Er sollte sich jetzt ausruhen", unterbrach Ko'Shasi die Unterhaltung der beiden.

Der junge Handori schloss für einige Sekunden die Augen, um sich besser konzentrieren zu können. Angestrengt dachte er über die Geschehnisse der vergangenen Tage nach und plötzlich fiel ihm tatsächlich etwas ein.

Er blickte Topaz an und sagte: „Warten Sie bitte! Da ist etwas, das Ihnen vielleicht weiterhilft. Nur einige Satzfetzen, die ich mitbekommen habe und an die ich mich erinnern kann. Sie wollen zurückfliegen nach Handor, aber ich weiß nicht warum. Die Anderen wären jetzt soweit, haben sie noch gesagt, bevor sie abflogen. Mich haben sie zurückgelassen. Ich wäre sowieso zu nichts mehr zu gebrauchen und bald hinüber, hat Sagin gemeint. Mehr kann ich im Moment nicht sagen. Wenn mir noch etwas einfällt, werde ich es Sie wissen lassen."

„Vielen Dank. Ruhen Sie sich jetzt aus. Ich werde später noch einmal vorbeischauen", versprach Topaz.

Sie wollte Ron so schnell wie möglich unterrichten und machte Anstalten, zu gehen. Arvin hielt sie am Arm fest. „Sie wollen mich allein lassen?" Wieder spürte sie leichte Panik in ihm aufsteigen. Topaz vertraute er, sie musste Ähnliches wie er durchgemacht haben. Aber dieser Mann – er musste Arzt sein, wie sonst hätte er das Ding aus ihm herausoperieren können. Und Sagin war schließlich auch Ärztin. Der ängstliche Blick, den Arvin Ko'Shasi zuwarf, verriet Topaz seine Gedanken. Schon fragte der Handori: „Sie sind Arzt, nicht wahr?"

„Ja, das bin ich." Ko'Shasi wusste nicht, was er sonst noch sagen sollte. Nach allem, was er bisher über Sagin erfahren hatte, konnte er sich sehr gut vorstellen, dass Arvin auf Ärzte nicht besonders gut zu sprechen war. Wenn er an seiner Stelle wäre, würde er auch so schnell keinem Arzt mehr vertrauen.

„Dr. Ko'Shasi hilft seinen Patienten. Er quält sie nicht oder macht sie krank", versicherte Topaz ihm. „Arvin, niemand wird Ihnen hier etwas zu Leide tun, das verspreche ich Ihnen. Sie sind bei dem Doktor in den besten Händen. Bitte lassen Sie mich jetzt gehen."

Er ließ sie los und sah leicht beschämt den Arzt an. „Bitte verzeihen Sie Doktor. Natürlich weiß ich, dass die meisten Ärzte nicht wie Sagin sind. Aber im Moment ist es für mich sehr schwer, einen Unterschied zu machen."

„Es ist nicht nötig, sich zu entschuldigen, Mr. Arvin. Ich verstehe Sie. Aber jetzt sollten Sie wirklich schlafen, damit Sie wieder zu Kräften kommen", entgegnete Ko'Shasi.

Wieder waren sie auf dem Weg nach Handor, nur dass sie dieses Mal nicht genau wussten, was sie dort eigentlich ausrichten sollten. Nachdem Topaz von Arvins Beobachtungen berichtet hatte, sahen sich alle etwas ratlos an und die Handori stellte dann die Frage, die auch alle anderen beschäftigte: „Was um alles in der Welt haben die denn bloß vor?"

Da sie jetzt den direkten Weg flogen und keine Schlenker mehr machen mussten, um irgendwelche Planeten abzusuchen, würden sie Handor in etwa drei Wochen erreichen. Bis dahin ging das ganz normale Leben an Bord weiter. Topaz kümmerte sich neben ihrer Arbeit im Park um Jarno und Arvin. Die Unterhaltungen mit dem jungen Handori machten ihr überdeutlich bewusst, dass sie sich auf Handor teilweise selber ins Abseits katapultiert hatte.

Als sie mit Ron einen ruhigen Abend in ihrem Quartier verbrachte, sprach sie ihm gegenüber diese Gedanken aus.

„Bist du jetzt nicht etwas zu hart dir gegenüber?", fragte er.

Sie schüttelte den Kopf. „Nein, finde ich nicht. Ich habe ja nicht einmal bemerkt, dass es offensichtlich ziemlich viele junge Leute gibt, die absolut gar nichts gegen mich einzuwenden haben."

„Aber diese Generation, von der du sprichst, das waren noch Halbwüchsige, als du Handor verlassen hast", stellte Ron fest.

„Na schön. Damit hast du natürlich recht. Vielleicht hätte ich es bei Lodis und Arvins Generation noch nicht feststellen können. Aber was ist mit all den anderen Handori? Da gibt es vielleicht auch einige, die genauso denken. Ron, Tatsache ist doch, dass ich mich so sehr zurückgezogen hatte, dass ich all das nicht mitbekam."

„Aber du hattest Gründe, dich zurückzuziehen", hielt er dagegen.

„Ja. Das war wohl ein Kreislauf, in dem ich da feststeckte und in dem ich vermutlich heute noch leben würde, wenn da nicht dieser bewusste Abend gewesen wäre. Wenn's nicht so traurig wäre, müsste ich jetzt Loran sogar noch dankbar sein."

„Also das mit der Dankbarkeit sollte man ja nun auch nicht übertreiben." Ron verzog das Gesicht, als habe er Zahnschmerzen.

„Stimmt und ich habe auch keine diesbezüglichen Danksagungen geplant. Nur keine Angst", beruhigte Topaz ihn und fuhr fort: „Aber mir ist da so eine Idee gekommen. Wenn wir Sagin gefunden und ihr erfolgreich das Handwerk gelegt haben, was immer sie auch vorhaben mag, könnten wir dann nicht einige Zeit auf Handor verbringen? Die Mannschaft braucht doch sicherlich wieder mal ein bisschen Landgang."

„Natürlich. Ich hatte, ehrlich gesagt, auch schon daran gedacht. Aber verrate mir doch mal, was du vorhast. Ich nehme doch nicht an, dass du dort bleiben möchtest?", entgegnete er.

„Nein, bestimmt nicht. Aber ich möchte mal mit offenen Augen und Sinnen durch die Straßen gehen. Verstehst du das?"

„Ja, natürlich verstehe ich das. Und du kannst doch sicherlich Begleitung gebrauchen?!"

„Ist das eine Frage oder ein Angebot?"

„Beides. Außerdem habe ich kein gutes Gefühl dabei, dich alleine dort rumlaufen zu lassen."

„He, das habe ich früher auch gemacht!", protestierte sie.

„Ja, aber ich traue Loran nicht über den Weg", erklärte Ron und erzählte ihr von Rijaaks Beobachtung, als sie den Premierminister verließen. Sanderson beugte sich nach vorne und sah ihr direkt in die Augen. „Topaz, sicherlich haben alle dazu beigetragen, dass viele Fehler gemacht worden sind. Das kann wohl niemand wegdiskutieren. Ich liebe dich, allerdings bin ich nicht so blauäugig zu glauben, dass du keine Fehler gemacht hast. Aber es sind viele, sagen wir mal vorsichtig, unschöne Dinge mit dir geschehen, für die Andere die Verantwortung tragen und wenn ich es verhindern kann, wird dir niemals wieder irgendjemand so etwas antun."

****

Sie waren Handor jetzt nahe genug, um eine Sprechverbindung herstellen zu können, hatten aber immer noch keine Spur von Sagins Schiff entdeckt. Natürlich hatte auch Topaz versucht, sie mithilfe ihrer speziellen Fähigkeiten zu finden – leider jedoch ohne Erfolg.

Das Gespräch mit dem Premierminister verlief nicht gerade gut, was noch sehr milde ausgedrückt war. Dass der Baruka sehr erstaunt darüber war, dass sie Sagin seit Wochen verfolgten, konnte Sanderson ja noch nachvollziehen. Dessen Reaktion auf den Hinweis, dass Sagin wahrscheinlich auf Handor etwas vorhabe und dass das vermutlich nach den bisherigen Erfahrungen mit dieser Frau nichts Gutes sei, war Sanderson allerdings völlig unverständlich. Arrogant und überheblich äußerte der Premier: „Was kann sie schon ausrichten? Eine einzelne Frau in Begleitung eines Soljaners und von ein paar Handori, die ihr offenbar gehorchen, weil sie ihnen irgendetwas eingesetzt hat. Wenn sie wirklich hier auftaucht und was anstellen will, werden wir sie davon abhalten. Wir sind schon mit ganz anderen Leuten fertig geworden." Abrupt beendete der Premierminister die Verbindung, ohne Sanderson nochmals zu Wort kommen zu lassen.

Sanderson lief einige Male vor seinem Sessel hin und her und blickte des Öfteren zum Bildschirm, der jetzt wieder die Sterne zeigte.

„Du willst doch nicht noch mal mit Baruka sprechen oder?", fragte Topaz, die ebenfalls auf der Brücke anwesend war.

„Nein, natürlich nicht." Ron war hinter Juan stehen geblieben und starrte gedankenverloren auf den Schirm. „Was haben die bloß vor? Und vor allen Dingen: Wo stecken die? Wir müssten sie doch längst mit unseren Langstreckensensoren geortet haben. Es sei denn, sie verbergen sich irgendwo. Aber das ergibt keinen Sinn, denn schließlich wissen sie nicht, dass wir hinter ihnen her sind."

Zwei Tage später hatten sie immer noch keine Spur von Sagins Schiff gefunden und in einigen Stunden würden sie Handor erreichen. Auch Topaz war wieder auf der Brücke und fuhr plötzlich wie elektrisiert von ihrem Stuhl hoch. „Sie ist hier!", stieß die Handori hervor.

Alle Anwesenden verstanden sofort, wen sie meinte. „Ich kann aber kein Schiff orten", sagte Rijaak und überprüfte nochmals seine Station. „Da ist nichts. Also verstecken die sich doch. Verstehe ich zwar nicht, aber wir sollten wohl davon ausgehen."

Gasira meldete: „Captain, auf Handor hat es mehrere Explosionen gegeben, und zwar in den planetaren Verteidigungsanlagen, wenn ich das richtig beurteile."

Und dann geschah es! Ganz plötzlich und unvermittelt tauchten drei Schiffe auf – Sagins Raumer, flankiert von zwei mittelgroßen Kampfkreuzern. Letztere waren zweifellos soljanischer Bauweise. Alle drei eröffneten sofort das Feuer auf Handor, kaum dass sie in Reichweite des Planeten waren. Auch wenn die Pioneer nur geringe Chancen hatte gegen diese Übermacht, so konnte die Crew doch nicht einfach nur zusehen und nichts tun. Vielleicht würden die Handori es ja schaffen, einige Schiffe zu starten und damit in das Gefecht einzugreifen. Vorerst allerdings waren sie auf sich allein gestellt. Rijaak tat wirklich sein Bestes und machte seinem Ruf alle Ehre, aber die zahlreichen Treffer der Gegner schwächten zusehends die Schilde der Pioneer.

„Verdammt, da sind noch zwei Schiffe im Anflug!" Gasira ballte eine Hand zur Faust und hätte am liebsten auf ihre Konsole geschlagen. Als die beiden Schiffe näher heran waren, wandelte sich ihre Wut allerdings in Erstaunen. „Aber das sind ja Vendaner!"

Sanderson wirbelte herum. „Vendaner? Hier in dieser Gegend?", fragte er ungläubig.

„Ja. Ich bin mir ganz sicher, dass diese beiden Schiffe vendanischer Bauart sind", antwortete Gasira mit Bestimmtheit.

Wie zur Bestätigung gingen die genannten Schiffe zum Angriff auf die Soljaner über. Eines der soljanischen Schiffe erhielt einen schweren Treffer und trieb manövrierunfähig im Raum. Als er sah, dass sich die Vendaner nun dem anderen Soljaner zuwandten, befahl Sanderson: „Wir nehmen uns Sagins Schiff vor. Versuchen Sie aber bitte, es in einem Stück zu lassen."

Rijaak schaffte es tatsächlich, seine Treffer so zu platzieren, dass Sagins Raumer schließlich kampf- und bewegungsunfähig war. Auch die Vendaner waren offensichtlich erstklassige Schützen, denn es dauerte nicht lange und sie hatten den zweiten Soljaner ebenfalls kampfunfähig geschossen. Das manövrierunfähige soljanische Schiff trieb immer weiter weg vom Ort des Geschehens und explodierte schließlich. Lee stellte eine Verbindung zu den Vendanern her und Sanderson bedankte sich für deren Hilfe. In groben Zügen unterrichtete er sie über die Hintergründe des Kampfes und ersuchte sie, das soljanische Schiff im Auge zu behalten, während ein Team der Pioneer sich auf Sagins Schiff begab. Topaz bat Ron darum, ebenfalls mitkommen zu dürfen. Nach anfänglichem Zögern willigte Sanderson schließlich ein.

Der Anflug und die Landung auf Sagins Schiff verliefen völlig problemlos. Niemand ließ sich auf dem Hangardeck blicken. Zwei Gänge weiter allerdings erwartete sie das Empfangskomitee. Der erste Phaserstrahl ging haarscharf an einem der Sicherheitsleute vorbei. Rasch zog sich das Team der Pioneer in den rechterhand liegenden Gang zurück. Das gab ihnen zwar Deckung, aber es brachte sie nicht weiter, weil sie immer nur kurz um die Ecke lugen konnten, um das Feuer zu erwidern. Sie hatten wahrlich keine besonders günstige Position.

„Verschwindet von hier oder wir verarbeiten euch zu Hackfleisch", erklang es dann auch prompt von der anderen Seite. Sanderson erkannte sofort die Stimme. Sie gehörte zu Mr. Namenlos, jenem Soljaner, der im Büro des Premierministers tätig war.

„Captain, können Sie die nicht ein bisschen hinhalten?", fragte Rijaak leise, denn ihm war beim Anblick eines Versorgungsschachtes, der direkt neben ihnen in die Wand eingelassen war, eine Idee gekommen. Er deutete mit dem Kopf darauf und erläuterte: „Die sind meistens so angelegt, dass ein Mann durchkriechen kann. Ich würde gerne nachsehen, ob man von hier aus hinter die Besatzung kommt."

„Und sich dabei an den Stimmen orientieren. Gute Idee. Tun Sie das!", erwiderte Sanderson.

Rijaak wählte einige Leute aus, die mitkommen sollten. Da sie sehr leise sein mussten, entledigten sie sich aller unnötigen Dinge sowie ihrer Schuhe. Nur mit einem Handphaser bewaffnet kroch dann einer nach dem anderen in den Schacht, von dem sie mittlerweile das Gitter entfernt hatten.

Sanderson wartete noch, bis der Letzte darin verschwunden war, und rief dann der Gegenseite zu: „Glauben Sie wirklich, Sie sind in der Position irgendwelche Forderungen zu stellen?"

Natürlich glaubte der Soljaner sich in der wesentlich besseren Position, was ja im Grunde genommen auch stimmte. „Sollte ich das nicht eher Sie fragen, Sanderson?" Na bitte, auch er hatte erkannt, wer ihm da als Gegner ins Haus geschneit war. „Oder wollen Sie ernsthaft behaupten, dass Sie hier weiterkommen?"

„Hier vielleicht nicht. Aber wenn wir hier verschwinden, warum sollte ich dann nicht einfach Ihr Schiff aus dem All pusten?"

„Wenn Sie das wollten, hätten Sie's längst getan. Nein, nein, Sie wollen irgendwas anderes. Also raus mit der Sprache."

„Liefern Sie mir Sagin", rief Sanderson.

Er wollte den Soljaner zu weiteren Äußerungen veranlassen, damit Rijaak sich orientieren konnte.

Im nächsten Moment allerdings wurde wieder auf die Pioneer-Crew gefeuert. Ein lautes Fluchen auf der Gegenseite ließ Sanderson aufhorchen. Der Schuss war offenbar nicht geplant, irgendjemand da drüben hatte wohl die Nerven verloren. Er hörte zwar jetzt nur noch einige gemurmelte Worte, die gewechselt wurden, aber es war egal, ob sie sich mit ihm unterhielten oder sich gegenseitig Vorwürfe machten, Hauptsache sie machten einigen Lärm.

Das genügte Rijaak völlig. Der Runakaner besaß ein ausgezeichnetes Gehör und da er zudem auch noch über einen exzellenten Orientierungssinn verfügte, reichten ihm die wenigen Worte, um den richtigen Weg einzuschlagen. Auch ein Ausgang, der hinter der Besatzung lag, war bald gefunden. Ganz leise entfernten sie dort das Gitter und krochen heraus. Sie mussten zwar wieder ein ganzes Stück zurückgehen, aber da sie keine Schuhe trugen, verriet keiner ihrer Schritte ihr Kommen. Einer der Gegner sah sie zwar im letzten Moment aus den Augenwinkeln, aber da war es bereits zu spät. Die Mannschaft von Sagins Schiff bestand vorwiegend aus Handori, aber auch einige Soljaner waren dabei. Mit vorgehaltenen Waffen trieben Rijaaks Leute sie nun in einen als Abstellkammer genutzten Raum. Bevor Rijaak die Tür verschloss, hatte Sanderson Mr. Namenlos gefragt, wo Sagin sei, aber dieser grinste ihn nur verächtlich an. Topaz gab Ron ein Zeichen. Sie wusste, wo Sagin zu finden war. Der Captain kommandierte einige Leute zur Bewachung der Kammertür ab, den Rest teilte er in zwei Gruppen ein, die das Schiff nach den Entführten durchsuchen sollten. Er selber, Lee und Topaz würden sich um Sagin kümmern.

Die Handori führte die beiden Männer zielstrebig zum nächsten Lift, den sie zwei Stockwerke tiefer wieder verließen, dann einen langen Gang hinunter und blieb schließlich vor einer Tür stehen. Lee und Sanderson bauten sich rechts und links davon auf. Topaz stellte sich hinter Ron. Erst dann öffnete dieser die Tür. Mit einem kurzen Blick in den Raum vergewisserte er sich, dass es keinen bewaffneten Posten gab. Nur eine Frau raffte eilig einige Sachen zusammen, die sie in eine bereitstehende Transportkiste warf. Als sie die sich öffnende Tür hörte, sagte sie nur ohne sich umzudrehen: „Ich bin gleich soweit, dann können wir hier verschwinden."

„Das glaube ich kaum", kam die Antwort von Sanderson.

Sagin wirbelte herum und sah sich zwei bewaffneten Männern gegenüber.

„Was wollen Sie hier?", giftete sie die beiden an, erst dann bemerkte sie die Frau. Diese Person kannte sie doch, auch wenn sie verändert aussah. Völlig perplex stieß die Wissenschaftlerin hervor: „Aber das ist unmöglich. Ich habe doch dafür gesorgt, dass alles Menschliche aus ihr weitgehend verschwindet und außerdem…", abrupt wechselte ihre Stimmung und sie geiferte: „Du, was machst du hier? Du solltest längst tot sein!"

Als sie einige Schritte auf Topaz zuging, trat Sanderson ihr in den Weg.

„Die Aufzeichnungen über Ihre Machenschaften. Ich meine über das, was Sie Topaz angetan haben. Wo sind die?", fragte er ungehalten.

Sagin sah Ronald mit einem bösen Blick an, schwieg aber.

„Na schön. Lee, lad einfach alles aus der Datenbank herunter. Wir werden dann später das aussortieren und löschen, was nicht Topaz betrifft", entschied Sanderson.

„Das werdet ihr schön bleiben lassen", ließ Sagin in schneidendem Befehlston verlauten. „Niemand wird hier irgendwas runterladen. Ich verbiete es!"

„Sie haben wohl Ihre Lage noch nicht so ganz begriffen", erklärte Sanderson.

Aber Sagin hörte gar nicht hin, sondern ereiferte sich weiter. „Wenn die Anderen kommen, wird es euch schlecht ergehen. Dann werdet ihr bereuen, mir jemals begegnet zu sein."

Ron runzelte die Stirn und zog Topaz ein Stück weg, behielt Sagin aber im Auge. „Ist sie wirr im Kopf oder glaubst du, wir müssen wirklich damit rechnen, dass hier noch mehr Schiffe auftauchen?", flüsterte er.

Ebenso leise antwortete Topaz. „Wirr im Kopf ist sie nicht unbedingt, aber sie akzeptiert wohl ihre momentane Situation nicht. Ob sie mit den Anderen weitere Schiffe meint oder einfach darauf hofft, dass die Schiffsbesatzung ihr zu Hilfe kommt, kann ich dir allerdings nicht sagen."

Sanderson verständigte zur Sicherheit die Pioneer, damit Gasira und die Vendaner auch die Umgebung weiter um Auge behielten.

Topaz trat vor Sagin hin und fragte: „Warum haben Sie das alles getan? Mit mir und den Handori?"

Sagin warf ihr nur einen abschätzigen Blick zu. Plötzlich schnellte ihr Arm nach vorne und in der Hand blitzte etwas auf. Sanderson reagierte geistesgegenwärtig und schlug mit der Handkante auf ihren Unterarm. Scheppernd fiel ein Messer zu Boden. Er packte Sagin, sodass sie sich nicht mehr bewegen konnte. Die Frau versuchte zwar, ihn zu treten, gab aber ihren Widerstand auf, als er ihr ins Ohr raunte: „Versuch das noch einmal und ich vergesse meine gute Erziehung. Ich habe ohnehin eine Stinkwut im Bauch wegen der Dinge, die du mit Topaz angestellt hast. Hast du mich verstanden?" Als Sagin nickte, sagte er: „Ich werde dich jetzt loslassen. Und du wirst dich ohne weitere Zicken dort auf den Stuhl setzen, klar?" Wieder nickte Sagin. Topaz hatte noch niemals zuvor eine solche Wut in Ron gespürt. Er ließ Sagin los und diese setzte sich auch ohne weiteres auf den Stuhl. In Ermangelung von etwas anderem nahm Ron herumliegendes Verbandmaterial und fesselte sie damit.

Lee, der sich bereits der Datenbank zugewandt hatte, war durch das Fallen des Messers aufmerksam geworden. Nachdem er sah, dass Ron alleine mit Sagin fertig wurde, wollte er schon mit seiner Arbeit fortfahren, hielt dann aber inne und drehte sich nochmals um. Schließlich hatte er Ron einst ein Versprechen gegeben. Sanderson atmete tief durch und Topaz legte ihm beschwichtigend die Hand auf den Unterarm. Als Lee erkannte, dass er nicht gebraucht wurde, wandte er sich erneut seiner Aufgabe zu. Bereits kurze Zeit später hatte er alles heruntergeladen und verkündete: „Erledigt! Das ging einfacher, als ich dachte. Die Datenbank hier ist von der des restlichen Schiffes abgekoppelt. Deshalb hat sie sich nicht mal die Mühe gemacht, die Dateien mit einem Codewort zu schützen. Dachte wohl, außer ihr könnte hier niemand ran."

Sanderson setzte sich mit den beiden Suchtrupps in Verbindung. „Wir sind hier fertig. Wie weit sind Sie mit der Durchsuchung?"

„Wir sind auch fast fertig. Absolute Fehlanzeige, Captain", meldete Rijaak.

„Soll das heißen, Sie haben nicht einen einzigen der Entführten gefunden?", fragte Ronald überrascht.

„So ist es. Aber etwas anderes haben wir festgestellt. Die haben lediglich noch ein Shuttle an Bord. Das ist doch sehr ungewöhnlich."

„Allerdings. Kehren Sie zu unseren Shuttles zurück. Wir treffen uns dort!"

Auch der zweite Suchtrupp hatte niemanden gefunden und Sanderson beorderte diesen ebenfalls zum Hangar. Die Drei machten sich nun gleichfalls auf den Rückweg und mussten nicht lange warten, bis die beiden Suchtrupps eintrafen. Sanderson wählte einige Leute aus, die auf dem Schiff bleiben sollten, und kehrte dann auf die Pioneer zurück. Erneut setzten sie sich mit Handor in Verbindung und dieses Mal sprach Sanderson mit einem wesentlich zugänglicheren Premierminister. Nachdem er Baruka über die Lage informiert hatte, meinte Letzterer: „Wir sind Ihnen wohl zu Dank verpflichtet, Captain. Unsere Verteidigungsanlagen sind aus noch nicht geklärter Ursache in die Luft geflogen und die Angreifer haben gezielt unsere bewaffneten Raumer beschossen, sodass wir völlig wehrlos waren. Können Sie mir das alles erklären?"

„Nein, Premierminister, das kann ich leider im Moment noch nicht. Aber vielleicht erhalten wir ja von Sagin oder einem ihrer Vasallen eine Erklärung. Ich habe einige meiner Leute auf deren Schiff gelassen. Wir können also zumindest dieses ohne Probleme auf Handor landen. Das soljanische Schiff werden wir sicherlich zur Landung zwingen können, schließlich haben die gegen drei Gegner keine großen Chancen."

Nachdem die beiden gegnerischen Schiffe sicher im Raumhafen untergebracht waren, landete auch die Pioneer. Die Vendaner allerdings verabschiedeten sich. Die Besatzungen der beiden Angreiferschiffe wurden festgenommen. Sagin und ihr soljanischer Freund schwiegen allerdings beharrlich. Von den übrigen Besatzungsmitgliedern erfuhren sie zwar das eine oder andere, aber das ergab immer noch keinen Sinn. Baruka hatte es sich nicht nehmen lassen, Sanderson davon zu unterrichten. Bei der Sichtung des Datenmaterials fand Lee auch Sagins persönliche Aufzeichnungen und diese brachten endlich Licht in die ganze Angelegenheit. Sie waren entsetzt über das, was sich ihnen da offenbarte.

Nach dem Prozess gegen Sudir und sie erlebte Sagin, dass sich ihre Kollegen größtenteils von ihr zurückzogen. Wurde sie jahrelang für ihre Forschungsergebnisse gelobt und war hoch angesehen, so wollten die meisten jetzt nichts mehr mit ihr zu tun haben. Zutiefst gekränkt zog sie sich zunächst in ein kleines Dorf zurück und praktizierte dort als Ärztin. Aber Sagin langweilte sich sehr schnell. Sie wollte wieder forschen, und zwar auf ihre eigene Art und Weise. Allerdings ging das natürlich auf dem Land nicht, wo jeder jeden kannte. Zudem war es unmöglich, sich hier Material zu beschaffen, wie Sagin es abfällig nannte. Also zog sie zurück in die Hauptstadt und mietete sich am Stadtrand ein Haus. In einschlägigen Lokalen engagierte sie kleine Gauner, die ihr Obdachlose brachten. Diese Spießgesellen fragten nicht lange, warum sie die Ärmsten in Sagins Haus schleppen sollten, solange der Preis stimmte. Aber mit der Zeit reifte in Sagin die Erkenntnis, dass sie nicht viel anfangen konnte mit ihren Forschungsergebnissen. An eine Veröffentlichung war nicht zu denken, denn das würde unweigerlich zu der Frage führen, wie sie dazu gekommen sei. Missmutig dachte die Wissenschaftlerin ein ums andere Mal: »Euch werde ich es schon noch zeigen, ihr aufgeblasenen selbstgerechten Idioten! Irgendwann werdet ihr alle vor mir auf den Knien rutschen!« Diese Überlegungen brachten Sagin schließlich auf die Idee, die jetzige Regierung zu stürzen und sich selber zum Staatsoberhaupt zu ernennen. Sie suchte und fand Gesinnungsgenossen, die sie zudem noch bedingungslos als Anführerin akzeptierten.

Da Sagin nicht gerade aus ärmlichen Verhältnissen stammte, verfügte sie über ein eigenes Schiff, mit dem sie des Öfteren kleine Ausflüge unternahm, um der miefigen Enge Handors zu entfliehen. Bei diesen Gelegenheiten gönnte sie sich dann auch immer mal wieder

Affären, die auf Handor undenkbar waren. Wenn man mal von den sehr konservativen Anschauungen der Handori absah, fand sich auch selten ein Mann, der gewillt war, sich mit Sagin einzulassen.

Auf ihrer letzten Exkursion lernte sie Devio kennen. Er stammte von Solja und schon bald stellten die beiden fest, dass sie auf der gleichen Wellenlänge lagen. So wurde aus dem anfänglichen Abenteuer eine verhängnisvolle Partnerschaft.

Devio verfolgte auf Solja die gleichen Ziele wie sie auf Handor. Er fühlte sich zu Höherem berufen und wenn er den fetten, sich wichtig machenden Premierminister von Solja sah, juckte es ihn in den Fingern. Die Terroristen, die die Entführungen durchführten, standen unter seinem Kommando. Devio beschaffte sich damit das notwendige technische Equipment und die finanziellen Mittel, um zwei Schiffe auszustatten. Als Sagin ihm von ihren Experimenten erzählte, bekam er glänzende Augen. Von ihm stammte der Plan, einige Leute mit Sprengstoff in die Verteidigungsanlagen zu schicken und diese hochzujagen. Da dabei natürlich auch die eigenen Leute verletzt oder getötet wurden, brauchte es willenlose Opfer, die dieses Vorhaben ausführten. Die Regierung zu stürzen und selber die Macht zu übernehmen, wäre dann nur noch eine Kleinigkeit. Sagin war hellauf begeistert, als er ihr davon berichtete. Kurz bevor sie Devio kennenlernte, hatte sie bereits einen Chip entwickelt, mit dem man Leute gefügig machten konnte. Da dieser aber noch nicht ausgereift war, beschafften sie sich nun auf Handor mithilfe von Sagins Anhängern die notwendigen Probanden und suchten sich dann einen unbewohnten Planeten, auf dem die Wissenschaftlerin in Ruhe den Chip ausprobieren und weiterentwickeln konnte. Der erste Planet, auf dem sie landeten, wurde leider auch von Piraten als Schlupfwinkel genutzt. Als diese auftauchten, lieferten sich beide Lager ein Gefecht und sie schafften es mit Mühe und Not, an Bord ihres Schiffes zu gelangen. Da Sanderson und seine Leute auf diesem Planeten nur die beiden toten Handori fanden, mussten wohl auch die Piraten schleunigst wieder verschwunden sein. Sagin und ihre Kumpanen suchten sich einen anderen annehmbaren Planeten, auf dem die Wissenschaftlerin ihr fragwürdiges Werk vollendete. Arvin trug noch einen nicht einwandfrei funktionierenden Chip, deshalb ließen sie ihn dort zurück, als sie sich auf den Weg nach Handor machten. Sie wollten sich mit Devios Schiffen treffen, um gemeinsam zuzuschlagen, und versteckten sich bis zu deren Ankunft in einem Nebel. Deshalb hatte die Pioneer-Crew sie auch nicht orten können. Ihre bedauernswerten Opfer schickten sie mit je zwei Mann aus der Besatzung in den Shuttles nach Handor und versteckten sie bis zu ihrem Einsatz in einer verlassenen Hütte.

Devios Plan ging auf. Es gab viele Verletzte und noch mehr Tote, darunter fast alle Handori, denen man einen Chip implantiert hatte. Ohne die Pioneer und die Vendaner wäre Handor jetzt in den Händen von größenwahnsinnigen Verbrechern und Solja wäre es ebenso ergangen.

„Wie konnten die nur glauben, dass sie damit durchkämen." Tränen liefen Topaz übers Gesicht, aber sie bemerkte es nicht einmal. Sie dachte an all die vielen Opfer, die dieser Wahnsinn gefordert hatte.

„Ohne Sie alle hier hätten die das geschafft", merkte Arvin leise an.

Sanderson hatte Jarno und Arvin gestattet, auf die Brücke zu kommen und sich die Aufzeichnungen mit anzusehen. Topaz drehte sich zu Arvin um und drückte ihm beruhigend die Hand. Sie konnte seine aufgewühlten Gefühle und die Trauer um die Getöteten trotz ihrer eigenen Gemütsverfassung spüren. Erst jetzt bemerkte sie, wie nass ihr Gesicht war, und nahm dankbar das Taschentuch an, das Ron ihr hinhielt.

„Wir werden diese Aufzeichnungen dem Premierminister zukommen lassen. Lee, stell mir bitte eine Verbindung her", sagte Sanderson.

„Trifft sich gut. Wir werden gerade von seinem Büro gerufen", erwiderte Wang.

Sekunden später erschien Barukas Gesicht auf dem Bildschirm. Noch bevor er etwas sagen konnte, ergriff Sanderson das Wort. Er berichtete dem Premierminister von den persönlichen Aufzeichnungen und versprach, ihm diese umgehend zur Verfügung zu stellen.

„Danke, Captain. Wir werden eine Trauerfeier abhalten für die Opfer. Ich würde es sehr begrüßen, wenn Sie daran teilnähmen", bat der Premierminister.

„Wir werden kommen", versprach Sanderson.

Topaz ging zu Jarno hinüber. „Ich glaube, ich verstehe so langsam, warum Sie hier sind."

Jarno sah sie mit einem nicht zu deutenden Ausdruck in den Augen an und forderte sie dann mit einer Kopfbewegung auf fortzufahren.

„Die Handori sind auf dem besten Wege, sich wieder einmal selbst den Garaus zu machen. Die Verehrung von Halen und Diria ist nur noch ein Lippenbekenntnis, zumindest bei den meisten. Meine Entdeckung und alles, was damit zusammenhängt, hat ihnen vor Augen geführt, was sie einmal waren und welche gewalttätigen Potenziale in ihnen schlummerten. Das war unangenehm und musste beiseite geschoben werden. Darin sind sie inzwischen wahre Meister geworden. Zudem ist jeder nur noch auf seinen eigenen Vorteil bedacht und deshalb haben auch Leute wie Loran so hohe Posten inne. So ähnlich hat es wohl damals auch angefangen."

„Sie sind wirklich eine kluge Frau." Jarno nickte anerkennend. „Meine Aufgabe ist sicherlich diesmal wesentlich schwieriger als damals, denn jetzt liegen die Missstände nicht so offen und viele werden sie leugnen."

„Sie sind hier, um uns zu helfen?" Arvin sah Jarno fragend an.

Topaz kamen wieder Lodis Worte in den Sinn, als sie bei Baruka waren. „Ich glaube, Sie haben bereits zwei Helfer."

„Zwei?" Wie aus einem Mund kam die Frage von Jarno und Arvin.

„Ja. Zwei. Lodi, die Tochter des Premierministers, wird Ihnen sicherlich mit Freuden helfen", erklärte Topaz und fuhr dann an Arvin gewandt fort: „Und wenn ich das richtig sehe, Sie ja wohl auch oder?"

Arvin nickte und dann fiel ihm ein, dass er Sanderson noch um etwas bitten wollte. „Captain, ich würde gerne an der morgigen Trauerfeier teilnehmen. Baruka hat mich zwar nicht eingeladen, aber dürfte ich vielleicht in Ihrer Delegation mitkommen?"

„Natürlich dürfen Sie das", versprach Sanderson und fragte dann: „Was ist mit Ihnen Jarno?"

„Ja danke, dieses Angebot nehme ich gerne an. Bei der Gelegenheit kann ich dann auch sicherlich Lodi kennenlernen und natürlich ihren Vater, immerhin werde ich wohl auch öfters mit ihm zu tun haben", ging Jarno bereitwillig darauf ein.

Ron wollte und konnte Topaz nicht daran hindern, ebenfalls an der Trauerfeier teilzunehmen. Also würde auch Rijaak der Delegation angehören, denn immerhin gab es da noch Loran und niemand konnte beurteilen, ob der sich diese Gelegenheit nicht zunutze machte, um an Topaz heranzukommen.

****

Am nächsten Morgen fanden sich alle pünktlich zur angegebenen Zeit im Amtssitz des Premierministers ein. Loran erwartete die Delegation der Pioneer bereits am Eingang und führte sie dann in einen großen Saal, der festlich geschmückt war. Die Feier selber war – wie Sanderson befürchtet hatte – überfrachtet mit pathetischen Reden von offiziellen Vertretern der Regierung. Erst als Angehörige und Freunde der Opfer zu Wort kamen, wurde das Ganze zu einer wirklichen Gedenkfeier für die Getöteten.

Nach der Feier begaben sich alle Gäste ins Foyer des Regierungsgebäudes, in dem ein großer Tisch mit Getränken und einigen kleinen, snackähnlichen Happen stand. Rijaak sah etwas konsterniert aus und murmelte: „Ist das hier so üblich?"
„Ja, ist das auf Ihrer Heimatwelt anders?", antwortete eine Stimme. Lodi war unbemerkt hinter die Gruppe von der Pioneer getreten und hatte seine Bemerkung gehört. Ihre Frage veranlasste Rijaak zu der Erklärung: „Auf Runak geht man nach einer solchen Trauerfeier schweigend auseinander. Es tut mir leid Miss Lodi, ich wollte niemanden beleidigen."
„Das haben Sie nicht", beruhigte die junge Frau ihn.
„So, Sie sind also Lodi. Ich würde mich gerne mit Ihnen unterhalten", meldete sich jetzt Jarno zu Wort.
Lodi sah ihn interessiert an und dann entdeckte sie Arvin. Offensichtlich kannten sich die beiden, denn die

junge Frau meinte: „Ich habe Sie geraume Zeit nicht gesehen. Wo haben Sie denn gesteckt?"

„Das ist eine etwas längere Geschichte. Wenn Sie Mr. Jarno und mir Gesellschaft leisten möchten, werde ich sie Ihnen gerne erzählen", erwiderte Arvin.

Als die Drei sich entfernt hatten, raunte Ron Topaz ins Ohr. „Bilde ich mir das ein oder hätte Arvin auch gerne allein einen Spaziergang mit Lodi unternommen?"

Genauso leise antwortete Topaz. „Nein, das bildest du dir nicht ein. Aber im Moment ist er wohl noch nicht in der Lage, diese Gefühle richtig einzuordnen."

„Captain Sanderson", erklang hinter ihnen die Stimme von Baruka. Sanderson holte einmal tief Luft, sah Topaz leicht amüsiert an und drehte sich dann um. „Premierminister."

„Ich freue mich, dass Sie und Ihre Frau gekommen sind."

Donnerwetter, entweder übertrieb er jetzt schamlos oder aber Baruka hatte sich inzwischen um einhundert Prozent gewandelt.

Etwas Ähnliches dachte auch Loran, der seinem Chef in gebührender Entfernung gefolgt war und die Unterhaltung stumm verfolgte. In ihm drin brodelte es allerdings und er dachte: »Hör auf, dich bei diesem Widerling und seiner Schlampe einzuschleimen. Bald, schon sehr bald wird sie mich um Gnade anflehen. Heute ist es endlich soweit, diese Gelegenheit lasse ich mir nicht entgehen. Und wenn du sie dann zurückbekommst, Sanderson, wirst du Mühe haben, sie zu erkennen.«

Wieder einmal übte sich der Premierminister im Smalltalk und Sanderson ließ sich – was blieb ihm anderes übrig – darauf ein. Topaz wollte Ron eigentlich nicht allein seinem Schicksal überlassen, aber sie hatte zu viel Wasser getrunken und irgendwann verlangte die Natur ihr Recht. Also entschuldigte sie sich bei den Männern und suchte die Toilette auf. Als sie den Waschraum wieder verließ, stand Loran an der gegenüberliegenden Wand.

„Hallo Topaz, lange nicht gesehen. Hast du eigentlich wirklich geglaubt, du würdest mir entkommen?", fragte er spöttisch. Damit sprach er fast wörtlich das aus, was Topaz in der ersten Nacht ihrer Flucht geträumt hatte. „Jetzt bist du fällig!", sagte er gehässig. Lässig zog Loran die Hand aus der Hosentasche und Topaz sah die Waffe. Ihr erster Impuls war die Flucht, was Loran natürlich nicht verborgen blieb. „Versuch es nur und ich schieße dich gleich hier über den Haufen!", sagte er kalt lächelnd, kam auf sie zu und presste ihr die Waffe in die Hüfte. „Wir gehen jetzt schön brav nach draußen und tun so, als wären wir die besten Freunde."

„Lass sie los!", befahl eine Stimme. Ruckartig wandte Loran seinen Kopf in die Richtung des Sprechers. Dort stand der Sicherheitsoffizier der Pioneer und richtete seine Waffe auf ihn.

Während der gesamten Trauerfeier hatte Rijaak Loran beobachtet, aber der Handori machte keine Anstalten, sich Topaz auch nur zu nähern. Als alle Besucher ins Foyer drängten, verlor er Loran aus den Augen und erblickte ihn erst wieder, als der Premierminister Sanderson ansprach. Der Adjutant war in einiger Entfernung stehengeblieben und verfolgte scheinbar gelassen die Unterhaltung zwischen seinem Chef und dem Captain der Pioneer. Rijaak wähnte Topaz noch bei Sanderson, doch als er kurz zu diesem hinübersah, musste er feststellen, dass die Handori nicht mehr neben Ron stand. Rasch blickte Rijaak wieder in Lorans Richtung, doch auch dieser war plötzlich verschwunden. Der Runakaner sah sich suchend nach allen Seiten um und bemerkte gerade noch, wie Topaz den Saal in Richtung der Toiletten verließ. Aber Loran konnte er immer noch nicht entdecken, also drängte sich Rijaak so schnell es ging durch die Besuchermassen, um Topaz zu folgen. Er ahnte Böses, das sich leider dann auch bestätigen sollte.

„Ich sagte, du sollst sie loslassen!", wiederholte Rijaak, als er eine Bewegung in seinem Rücken wahrnahm. Der Runakaner versuchte noch, sich umzudrehen, aber es war zu spät. Tulsa drückte einen Injektor in seinen Nacken und einen Augenblick später fiel der Sicherheitschef bewusstlos zu Boden. Topaz blickte voller Entsetzen auf den zu Boden sinkenden Rijaak. Loran drängte sie unsanft Richtung Ausgang. Sein Freund hatte dort einen Wagen bereitgestellt und er stieß Topaz in den Fond. Tulsa beugte sich über sie und schon zischte wieder der Injektor.

Als Rijaak wieder zu sich kam, sah er sich erst einmal verwirrt um. Dann aber setzte sein Erinnerungsvermögen ein und er sprang auf die Beine. Bereits während er zurück ins Foyer lief, setzte er sich mit der Pioneer in Verbindung. Rücksichtslos bahnte sich der Runakaner einen Weg durch die Menge und rief Sanderson schon von weitem zu: „Captain, Loran hat Topaz!"

Ronald sah seinen Sicherheitschef entsetzt an und fragte: „Was ist passiert?"

Rijaak berichtete die Geschehnisse und schloss mit den Worten: „Ich habe auch schon mit Fin gesprochen, aber er bekommt keinen Kontakt zu ihr."

Bevor Sanderson noch eine Antwort geben konnte, platzte Baruka dazwischen mit der Frage: „Was hat das alles zu bedeuten?"

Als Sanderson ihm in Kurzfassung die Wahrheit über seinen Adjutanten erzählte, lief der Premierminister rot an und keifte: „Das ist ungeheuerlich! Sie lügen! Niemals ist mein Adjutant ein … ein …"

Er brachte das Wort nicht über die Lippen, deshalb half Sanderson ihm auf die Sprünge.

„Homosexueller, meinen Sie. Doch das ist er. Und offen gestanden würde niemand auf der Erde daran Anstoß nehmen. Diese Zeiten sind bei uns lange vorbei. Aber ich will jetzt nicht über Ihre Moralvorstellungen diskutieren. Ich will Topaz finden, und zwar schnellstens. Loran wird sicherlich nicht lange fackeln und ihr wer weiß was antun. Ich brauche ein möglichst großes Polizeiaufgebot."

„Und das bekommen Sie auch", schaltete sich jetzt ein Mann ein, der sich bisher unauffällig im Hintergrund gehalten und die ganze Szene beobachtet hatte.

Diese Stimme – Rijaak erkannte sie sofort. Der Mann sah den Sicherheitschef mit einem um Schweigen bittenden Blick an und fuhr dann fort: „Ich bin Polizeichef Mejon. Captain Sanderson, Ihre Frau ist Telepathin, soviel ich weiß. Und dieser Fin ebenfalls?"

„Ja. Und wenn er keinen Kontakt zu ihr bekommen hat ... Ich hoffe wirklich sehr, sie ist nur bewusstlos. Haben Sie eine Idee, wo die Topaz hingebracht haben könnten?"

Der Polizeichef erklärte: „Also zum einen, Captain: Auf Handor existieren Medikamente, um telepathische Fähigkeiten zu unterdrücken. Tulsa ist Arzt und hat als solcher sicherlich keine Schwierigkeiten, an diese Mittel heranzukommen. Zum anderen: ja, ich habe eine Idee. Da Homosexualität bei uns immer noch verpönt ist, legen sich viele einen geheimen Zweitwohnsitz zu, um sich dort ungestört treffen zu können. Zumindest die Begüterten und sowohl Loran als auch Tulsa sind nicht gerade arm. Vermutlich haben sie sich ein Haus über einen Strohmann gekauft."

„Und wie kann uns das helfen, meine Frau zu finden? Ich meine, wenn die nicht als Eigentümer eingetragen sind?"

„Na ja, wir könnten natürlich über die Medien nach ihnen suchen. Allerdings laufen wir dann Gefahr, dass sie Ihre Frau sofort töten und verschwinden. Es gibt hier in der Hauptstadt drei Bezirke, in denen Häuser in der Größenordnung stehen, wie Leute wie Loran und Tulsa sie bevorzugen. Ich nehme nämlich nicht an, dass sie bei ihrem Liebesnest irgendwelche Abstriche am gewohnten Standard gemacht haben. Ich schicke Leute dorthin mit Bildern der beiden, die jeden fragen, ob sie gesehen wurden."

Rijaak nickte zustimmend und meinte: „Könnte klappen. Wenn wir so nicht weiterkommen, können wir immer noch die Medien einschalten."

Baruka hatte bisher geschwiegen, jetzt aber platzte ihm der Kragen. „Das ist unerhört! Sie glauben allen Ernstes das, was diese Leute über Loran erzählen? Und woher wollen Sie überhaupt so genau wissen, was solche Leute tun? Sind Sie am Ende auch ..."

Der Premierminister sah jetzt aus, als würde er jeden Moment kollabieren. Lodi sah besorgt zu ihrem Vater. Auch wenn sie seine verstaubten, antiquierten Ansichten nicht teilte, so liebte sie ihn dennoch und machte sich jetzt ernsthaft Sorgen um ihn.

„Vater, bitte beruhige dich. Du solltest dich jetzt etwas ausruhen und den Polizeichef seine Arbeit machen lassen." Sie nahm ihn fürsorglich bei der Hand und führte ihn in Richtung seiner Amtsräume. Dankbar sahen alle den beiden nach.

„So, jetzt aber los. Wir haben genug Zeit vertan und jede Minute ist kostbar. Ich werde zunächst einmal Fotos der beiden auftreiben und diese vervielfältigen lassen. Dann komme ich zu Ihnen zurück", erklärte der Polizeichef.

Sanderson nickte zustimmend. „Danke Mr. Mejon." Es machte ihn zwar verrückt, zur Untätigkeit verurteilt zu sein, aber im Moment konnte er nichts weiter ausrichten. Er musste sich auf den Polizeichef und seine Leute verlassen.

„Es tut mir leid, Captain. Das ist alles meine Schuld. Ich hätte besser aufpassen sollen. Aber ich habe nicht damit gerechnet, dass Tulsa mit einem Injektor hinter mir auftaucht", sagte Rijaak zerknirscht, als sie alleine waren.

Sanderson legte seinem Sicherheitschef eine Hand auf die Schulter. „Machen Sie sich keine Vorwürfe, Rijaak. Wir alle haben Loran und Tulsa wohl unterschätzt. Auch Topaz, sonst hätte sie niemals alleine das Foyer verlassen."

Nach endlos scheinenden dreißig Minuten kam Mejon zurück. „So, erledigt. Kommen Sie Captain, wir gehen jetzt in mein Büro und warten dort auf Nachricht. Mehr können wir leider im Moment nicht tun. Ich habe Anweisung erteilt, dass wir sofort benachrichtigt werden, wenn einer das richtige Haus findet. Sie wollen doch vermutlich dabei sein, wenn wir reingehen oder?"

„Da haben Sie verdammt Recht", antwortete Ron mit belegter Stimme.

Der Polizeichef führte sie in den ersten Stock des Gebäudes. Am Ende eines langen Ganges lag sein geschmackvoll eingerichtetes Büro. Die drei Männer nahmen in der Besuchersitzecke Platz.

„Darf ich jetzt offen sprechen, Mr. Mejon?", fragte Rijaak.

Der Polizeichef nickte und Sanderson sah verwirrt von einem zu anderen. Rijaak klärte seinen Captain auf: „Mejon hat uns seinerzeit den Tipp mit den Entführten gegeben." Und zu Mejon gewandt, setzte er hinzu: „Stimmt doch oder?"

„Ja, das stimmt. Ich wusste oder besser gesagt, ich ahnte, dass Sagin und ihr neuer Freund dahinter steckten, aber ich konnte es nicht beweisen. So sehr ich mich auch anstrengte, ich habe keinen der Entführten gefunden. Nach dem, was ich jetzt weiß, wurden sie vermutlich schon damals in dem verlassenen Haus auf dem Land versteckt. Und als Sagin dann verschwand, hatte ich nicht die Mittel, um die Verfolgung aufzunehmen."

„Und da dachten Sie, es wäre nicht verkehrt, wenn wir Sagin verfolgen. Aber woher wussten Sie, dass wir das auch tun würden?"

„Ich erkenne einen Profi Mr. Rijaak und Sie sind einer. Sehen Sie, ich hatte trotz allem einen Mann in der Nähe des Hauses postiert und als der mir von Ihren Aktivitäten berichtete, bin ich selber hin, um mir ein Bild zu machen. Den Rest kennen Sie."

„Eigentlich müssten Sie dafür einen Orden oder zumindest eine Anerkennung bekommen."

„Oh nein, bitte. Ich habe nur meinen Job gemacht. Aber wie Sie vielleicht gemerkt haben, sind Baruka und ich nicht gerade Freunde. Es wäre ihm sicherlich eine Freude und ein Genuss zu hören, dass ich Fremde in Dienstgeheimnisse eingeweiht habe, auch wenn dies letztendlich zu einem mehr als positiven Ergebnis geführt hat. Ich mag meinen Job und würde ihn gerne noch ein bisschen behalten."

Jetzt schaltete sich Sanderson in die Unterhaltung ein. „Nun, Ihr Geheimnis ist bei uns gut aufgehoben. Aber mal etwas anderes: Woher wissen Sie das so genau mit den Zweitwohnsitzen? Bitte verstehen Sie mich richtig, ich möchte nur sichergehen, dass wir keine Zeit verschwenden."

„Ich verstehe Sie schon. Ich verrate Ihnen noch ein Geheimnis. Mein Sohn ist homosexuell. Vor ein paar Monaten kam er zu mir und hat mit mir darüber gesprochen. Bis dahin war ich weder dafür noch dagegen. Ich hatte einfach nur zur Kenntnis genommen, dass es solche Handori gibt. Sehen Sie, ich liebe meinen Sohn und warum soll sich das jetzt ändern?", klärte der Polizeichef die beiden auf und fragte dann: „Sie selber haben ja wohl auch kein Problem damit, wenn ich das eben im Foyer richtig verstanden habe?"

Jetzt musste Sanderson trotz der Anspannung, unter der er stand, doch lächeln. „Nein, überhaupt nicht. Mein Bruder und mein Schwager wären wohl auch sehr erstaunt, wenn ich plötzlich solche Anwandlungen hätte."

Ein verstehendes Lächeln glitt über Mejons Gesicht und er nickte anerkennend. „Ich hoffe, dass wird auf Handor irgendwann auch so selbstverständlich sein. Vielleicht erlebe ich das ja noch. Das wäre wirklich schön."

Als Topaz wieder zu sich kam, spürte sie – nichts. Da war nichts. Sie konnte es nicht so recht fassen. Wieso konnte sie nichts und niemanden spüren? Ein Geräusch ließ sie fast zusammenzucken und dann erklang Lorans Stimme. „Wie lange wirken die Mittel, die du ihr verpasst hast?"

„Das Betäubungsmittel müsste gleich seine Wirkung verlieren. Das Mittel, das ihre telepathischen Fähigkeiten unterdrückt, wirkt noch einige Stunden."

Also deshalb spürte sie niemanden. Topaz hielt die Augen noch geschlossen. Vielleicht erfuhr sie ja noch mehr. Wenn sie niemanden mit ihren Fähigkeiten zu Hilfe rufen konnte, musste sie sich alleine aus ihrer misslichen Lage befreien. Aber leider machte Loran ihr einen Strich durch die Rechnung. Er kam zu ihr, packte ihre Haare und riss mit brutaler Gewalt ihren Kopf zurück. Das kam so unvermittelt, dass sie unwillkürlich einen Schmerzensschrei ausstieß.

„Na sieh mal einer an, unser Gast ist wach", sagte er spöttisch. „Sieh sie dir an, Tulsa, ist sie nicht hässlich? Sie war ja vorher schon keine Schönheit, aber jetzt, wo sie sich den Menschen derart angebiedert hat – einfach nur widerlich."

„Ich habe mich niemandem angebiedert. Die Menschen haben mich immer so genommen, wie ich bin. Denen ist es völlig egal, wie ich aussehe." Topaz versuchte, einen festen Klang in ihre Stimme zu legen, was ihr aber nur bedingt gelang.

„Ach, ist das so, ja? Na mal sehen, vielleicht fällt uns ja was Hübsches dazu ein." Loran drehte sich zu Tulsa um. „Hilf mir, wir binden sie an den Dachbalken fest. Ich habe keine Lust, mich dauernd zu bücken." Die beiden zogen Topaz vom Stuhl hoch, auf dem sie saß, und traten diesen beiseite. Sie lösten die Fesseln, mit denen ihre Arme auf dem Rücken zusammengebunden waren, rissen diese nach oben und banden sie am Dachbalken fest.

„Na bitte, schon besser." Loran trat ganz dicht vor sie hin. „Du sagst also, Sanderson ist es völlig egal, wie du aussiehst, ja? Was meinst du, Tulsa, fällt dir dazu nicht was ein?"

„Aber sicher doch." Topaz sah das Skalpell in Tulsas Hand aufblitzen. „Geh mal beiseite", forderte er seinen Freund auf.

Loran machte Tulsa bereitwillig Platz und dieser hielt Topaz das Skalpell direkt vor die Augen. Ihr stockte der Atem und die Angst stand ihr ins Gesicht geschrieben. Das schien den Mann vor ihr ungemein zu erfreuen, denn er setzte ein breites Grinsen auf und fuhr ihr mit der scharfen Klinge über die Wange. Als er das Blut tropfen sah, wurde sein Grinsen noch breiter. Wieder wechselten die beiden Männer die Position. Topaz erhielt von Loran einen Tritt in den Unterleib, gefolgt von einem Faustschlag in die Magengrube und dann prasselten die Schläge nur so auf sie ein. Tulsa stand daneben und sah seinem Geliebten hocherfreut zu. Sein Atem ging immer heftiger. Dieses Schauspiel erregte ihn. Irgendwann hielt er es nicht mehr aus. Er legte Loran die Hand um die Schultern und flüsterte: „Komm mit!" Erst jetzt bemerkte Loran Tulsas Erregung und folgte seinem Geliebten bereitwillig. Schon bald konnte Topaz ihr animalisches lustvolles Stöhnen hören, mit dem sie den Geschlechtsakt vollzogen. Sie versuchte, sich ein wenig in dem Raum umzusehen, aber jede Bewegung fiel ihr unendlich schwer, weil ihr ganzer Körper schmerzte. Sie konnte zwar nicht verstehen, wie jemand Spaß am Quälen hatte und dabei auch noch sexuell erregt wurde, aber immerhin hatte ihr diese Neigung etwas Ruhe verschafft. Allerdings gab sie sich keinerlei Illusionen hin. Schon bald würden Loran und Tulsa wieder hier auftauchen und sie weiter quälen.

Derweil lagen die beiden Männer noch immer schweratmend nebeneinander auf dem Bett und gaben sich weiteren Zärtlichkeiten hin. Ganz allmählich wich die sexuelle Begierde und bei Loran machte sich die Gier nach der weiteren Misshandlung von Topaz breit. Die beiden standen auf und kleideten sich an. Während Tulsa in die Küche ging, um etwas Essbares herzurichten, eilte Loran die Treppe hinauf in die Dachkammer. Breitbeinig stellte er sich vor Topaz auf, packte ihr Gesicht mit einer Hand und quetschte die Wangen zusammen. Die Wunde, die Tulsa ihr zugefügt hatte, fing wieder an zu bluten und schmerzte so sehr, dass ihr Tränen in die Augen schossen.

„Großartig. Mach weiter so", wisperte Loran hasserfüllt. „Davon habe ich zehn lange Jahre geträumt. Bist du wirklich so dämlich, dass du geglaubt hast, ich vergesse, dass du damals einfach verschwunden bist? Du hast alle meine Pläne zunichte gemacht. Also wieso bist du abgehauen?" Er ließ sie los und herrschte sie an: „Antworte gefälligst!"

Am liebsten hätte Topaz ihm ins Gesicht gespuckt, aber sie hielt sich zurück. Das würde ihn vermutlich nur noch mehr reizen. „Du meinst die Pläne, mich in ein dunkles Zimmer zu sperren und dort verrotten zu lassen? Danke, das wollte ich denn doch nicht."

Überrascht sagte er: „Na sieh mal einer an. Woher weißt du das denn?"

„Wenn man sich in der Öffentlichkeit darüber unterhält, muss man sich nicht wundern, wenn jemand zuhört. So einfach ist das", antwortete Topaz.

„Tatsächlich, so einfach ist das, ja?", äffte er sie nach und schlug ihr mit dem Handrücken ins Gesicht. Spöttisch fuhr er fort: „Du hast Glück, dass ich Tulsa versprochen habe, mich zurückzuhalten und ihm noch was übrig zu lassen. Darauf kannst du dich schon mal freuen. Und noch was: bilde dir ja nicht ein, dass dich hier jemand findet. Wir drei werden hier noch einige nette Stunden miteinander verbringen und dann dürfen dich deine Freunde finden. Hübsch verpackt als Geschenk. Die Verpackung wird dann allerdings das einzig Hübsche sein."

Topaz musste hart schlucken. Sie sah ihre Chancen durchaus realistisch. Vermutlich würde sie dieses Haus nicht mehr lebend verlassen. Wenn nicht ein Wunder geschah, würde sie Ron niemals wieder sehen. Beim Gedanken an ihn stiegen ihr abermals die Tränen in die Augen. Nein, das durfte, das konnte nicht sein. Er würde sie finden, bestimmt! Sie wusste, er würde die ganze Stadt und wenn nötig, ganz Handor nach ihr absuchen. Die Frage war eben nur, ob Loran und Tulsa sie so lange am Leben ließen. Aber die beiden dachten gar nicht daran, sie so schnell umzubringen, denn der Wechsel zwischen ihren Liebesspielen und dem Quälen von Topaz gefiel den Männern immer besser.

Je mehr Zeit verrann, desto unruhiger wurde Ron. Er saß hier im Zimmer des Polizeichefs und war zur Untätigkeit verdammt. Das machte ihn verrückt.

„Captain, bitte. Ich weiß, Sie würden am liebsten dort rausgehen und mitsuchen. Aber Fakt ist, Sie würden nur unnötig Aufsehen erregen. Das wissen Sie doch selber. Wenn einer der beiden Sie sieht, wer weiß, ob sie Topaz dann nicht sofort umbringen", versuchte Mejon, ihn zu beruhigen.

„Sie haben natürlich recht und ich bitte um Entschuldigung, aber dieses Nichtstun macht mich wahnsinnig", entgegnete Sanderson. Er lief im Zimmer auf und ab und sowohl Mejon als auch Rijaak ließen ihn gewähren.

Gasira unterstützte sie vom Schiff aus, in dem sie die vom Polizeichef bezeichneten Stadtteile scannte. Da Topaz die einzige Handori war, die auch menschliche Merkmale aufwies, hatte man zumindest theoretisch eine Chance. Praktisch war dieser Scan natürlich die Suche nach der berühmten Stecknadel im Heuhaufen. Stunde um Stunde verging und es kam keine positive Nachricht herein. Auch der Abend und die Nacht vergingen ohne Erfolg. Aber keiner der drei Männer dachte daran, schlafen zu gehen. Sie dösten nur in den Sesseln ein wenig vor sich hin.

Am nächsten Morgen brachte Lodi ihnen das Frühstück und erkundigte sich nach dem Stand der Dinge. Sanderson schob sein Tablett zunächst unangetastet beiseite.

„Bitte Captain, essen Sie was. Es hilft doch nicht, wenn Sie zusammenklappen. Wir werden Topaz finden und dann braucht Ihre Frau Sie", forderte Rijaak seinen Vorgesetzten auf.

Sanderson wusste natürlich, dass sein Sicherheitschef recht hatte. Also zog er das Tablett wieder zu sich heran und langte zu. Einige Minuten später öffnete sich die

Tür erneut und Lee betrat das Büro mit einem kleinen Koffer in der Hand.

„Was machst du hier?", fragte Sanderson überrascht.

„Gasira schickt mich. Sie dachte, ihr wolltet euch vielleicht etwas frisch machen." Er hob den Koffer etwas höher und deutete mit dem Kopf darauf.

„Gute Idee. Danke", sagte Ron.

Mejon zeigte ihnen sein Bad und die beiden Männer kamen kurze Zeit später frisch geduscht, rasiert und mit sauberen Uniformen wieder heraus. Lee saß immer noch bei Mejon. Er wollte wohl so schnell nicht wieder gehen. Die Sorge um Topaz stand auch ihm ins Gesicht geschrieben. Aber es sollten noch Stunden vergehen, bevor sie einen ersten Hinweis auf Tulsa erhielten. In einem der kontrollierten Ortsteile fanden sie endlich eine Frau, die Tulsa immer wieder in ein bestimmtes Haus hatte gehen sehen. Als Mejon dies verkündete, sprang Sanderson wie elektrisiert hoch und fragte „Worauf warten wir denn noch?"

Mejon antwortete prompt: „Auf gar nichts! Kommen Sie, wir fahren umgehend dorthin. Mein Mann vor Ort behält derweil das Haus im Auge. Es sind auch noch weitere Einsatzkräfte auf dem Weg dorthin."

Loran und Tulsa hatten indes eine ihrer Meinung nach sehr erfolgreiche und vergnügliche Nacht hinter sich. Im Morgengrauen endlich übermannte sie der Schlaf und das verschaffte auch Topaz eine längere Ruhepause. Ihre Wange, die Loran mit dem Handrücken geschlagen hatte, war mittlerweile angeschwollen und schimmerte in allen Regenbogenfarben. Außerdem hatte Tulsa ihr weitere Schnittwunden mit dem Skalpell zugefügt. Ihr ganzer Körper fühlte sich jetzt nur noch wie eine große, offene Wunde an. Aber trotz der übergroßen Schmerzen und der unbequemen Haltung – sie stand noch immer mit nach oben gefesselten Händen mitten im Raum – fiel ihr Kopf nach vorne und die Erschöpfung ließ sie in einen leichten, unruhigen Schlummer fallen.

Nach einigen Stunden Schlaf kleideten sich die beiden Männer gerade an, als Tulsa gewohnheitsmäßig einen Blick aus dem Fenster warf. Täuschte er sich oder hatte er im Garten gerade eine Bewegung gesehen?

„Warte Loran, ich glaube, da draußen schleicht jemand ums Haus", warnte er seinen Gefährten.

„Quatsch, wer sollte sich schon für unser Haus interessieren? Weiß ja keiner, dass es uns gehört. Komm schon, lass uns nach oben gehen und weitermachen", erwiderte Loran ihn.

„Ich bin sicher, da war jemand!", beharrte Tulsa.

Loran tat das mit einer wegwerfenden Handbewegung ab und stiefelte schnurstracks hinauf ins Dachgeschoss. Aber Tulsa ließ die Sache keine Ruhe. Er bezog Stellung am Schlafzimmerfenster und starrte hinaus. Lange musste er nicht dort ausharren und als er all die Uniformierten sah, stürmte er aus dem Zimmer und die Treppe hinauf. Loran, der sich gerade anschickte, Topaz wieder zu verprügeln, dreht sich erstaunt um, als sein Freund in die Dachkammer stolperte. Hastig erklärte Tulsa: „Los komm, wir müssen verschwinden! Die Polizei umstellt gerade das Haus." Dann zerrte er Loran mit sich fort. Polternd rannten sie die Treppe hinunter.

Das war das Letzte, was Topaz von den beiden sah und hörte. Das nächste, was sie vernahm, war das Splittern der Haustür, als diese aufgebrochen wurde. Augenblicke später stürmte Ron in die Dachkammer. Bei Topaz' Anblick blieb er abrupt stehen und musste erst einmal schlucken. Dann aber nahm er sie ganz behutsam in die Arme, während Rijaak die Fesseln löste, mit denen sie an den Dachbalken gebunden war. Als ihre Arme frei waren, sackte sie zusammen, aber Ron hielt sie fest, damit sie nicht stürzte. Mit seiner Hilfe schaffte Topaz es dann bis zum Fahrzeug und ließ sich dort auf den Rücksitz fallen. Sanderson lehnte das Angebot Mejons, Topaz in das nächstgelegene Krankenhaus zu bringen, ab. Er wollte sie sicher auf der Pioneer und vor allen Dingen in den Händen von Ko'Shasi wissen. Der Polizeichef verstand das durchaus und brachte sie in rasanter Fahrt in den Raumhafen.

Loran und Tulsa waren im ganzen Haus nicht auffindbar. Erst nach langem Suchen und nachdem sie buchstäblich jedes Möbelstück verrückt hatten, fanden die Polizisten im Keller eine versteckte Tür. Diese verschloss einen Gang, der das Haus mit einem kleinen Pavillon verband, der außerhalb des Grundstücks lag. Wieso die beiden diesen Tunnel angelegt hatten oder ob er gar schon vorher existierte, blieb ein Rätsel. Jetzt allerdings gab es keinen Grund mehr, die Medien nicht einzuschalten, und es wurde offiziell nach den beiden gefahndet.

****

Als Topaz die Augen aufschlug, blickte sie in Rons lächelndes Gesicht. „Hallo, mein Schatz. Wie fühlst du dich?", fragte er zärtlich.

„Gut. Ich kann ohne Schmerzen sprechen und auch sonst tut mir nichts mehr weh." Vorsichtig betastete Topaz ihre Wangen. Aber da war nichts mehr. Keine Schwellung und auch keine Wunde.

„Ja. Der gute Doktor hat sich wieder einmal selber übertroffen", sagte Ron und strich ihr eine Haarsträhne aus dem Gesicht. „Ich finde allerdings, ich muss mich in letzter Zeit ein bisschen zu oft über ein Krankenbett beugen, um meine Frau zu küssen. Könntest du das vielleicht in Zukunft lassen?"

„Das mit dem Küssen?", fragte sie schelmisch.

„Nein, das eher weniger", antwortete er lächelnd.

„Gut!" Sie winkte ihn mit dem Finger zu sich herunter und er ließ sich nicht lange bitten. Ein Räuspern beendete den Kuss der beiden.

„Ach ja, es gibt da ein paar Leute, die dich sehen möchten", erklärte Ron.

Über seine Schulter hinweg erblickte sie Lee und Hazy, die bereits unruhig von einem Fuß auf den anderen traten. Auch Rijaak stand da mit einem ihr unbekannten Handori. Irgendetwas quälte den Sicherheitschef, das konnte sie spüren, aber sie kam vorerst nicht dazu, sich damit zu beschäftigen. Kaum war Ron beiseitegetreten, stürmten Lee und Hazy zum Bett. Hazy umarmte und drückte Topaz ganz fest. Erst als sie japsend hervorstieß: „He, ich krieg keine Luft mehr", ließ er seine Freundin los und gab ihr einen dicken Schmatzer auf die Stirn. Lee, der zurückhaltender war als sein Mann, stand hinter Hazy und suchte nach den passenden Worten. Topaz beugte sich etwas nach vorne und drückte seine Hand. Erst sah er sie verwirrt an und begriff dann, dass sie keine großen Worte erwartete. Deshalb erwiderte er nur ihren Händedruck und sagte schlicht: „Ich freue mich, dass wir dich lebend zurück haben."

„Oh ja, ich mich auch, das kannst du mir glauben", erwiderte Topaz. Ein Schwall quälender Gefühle traf sie, deshalb wandte sich Topaz jetzt an Rijaak und fragte rundheraus: „Stimmt etwas nicht, Lieutenant?"

Rijaak brauchte einen Moment, bis er begriff, dass sie ihn angesprochen hatte.

Der Runakaner druckste zunächst etwas herum, blickte ihr dann aber direkt in die Augen und sagte: „Es tut mir leid, dass das passiert ist. Ich war dafür verantwortlich, dass Ihnen nichts zustößt und hätte verhindern müssen, dass Loran sie erwischt."

Sanderson runzelte die Stirn. Dass Rijaak das Geschehene nicht so einfach wegsteckte, hätte er sich auch denken können, schließlich kannte er seinen Sicherheitschef lange genug. Ron wollte schon etwas sagen, aber Topaz kam ihm zuvor.

„Also zunächst einmal ist jeder für sich selber verantwortlich, Lieutenant. Und in diesem Fall gilt das ganz besonders für mich!" Als Rijaak etwas erwidern wollte, hob sie die Hand. „Nein, warten Sie bitte. Niemand hier kannte Loran besser als ich, aber es war alles so friedlich an jenem Morgen. Loran hielt sich von mir fern und es waren so viele Leute anwesend, dass ich nicht einmal im Traum daran gedacht habe, er könne mir dort etwas antun. Sonst hätte ich das Foyer niemals alleine verlassen. Ich habe ihn einfach völlig falsch eingeschätzt. Übrigens bin ich froh, dass das wirklich nur ein Betäubungsmittel war, was Tulsa Ihnen da verpasst hat, und Sie jetzt heil und gesund hier stehen."

Rijaak sah sie völlig perplex an und wusste nichts mehr zu sagen. Dass sie sich in ihrer misslichen Lage noch Sorgen um ihn gemacht hatte, darauf wäre er wahrlich nicht gekommen. Topaz fühlte, dass sie ihn jetzt etwas in Verlegenheit gebracht hatte und versuchte, das wieder wett zu machen, indem sie noch hinzufügte: „Wenn Sie sich weiter mit Selbstvorwürfen quälen wollen, muss ich allerdings aufstehen und sie ein wenig durchschütteln, damit ihr Kopf wieder klar wird."

Bei dem Gedanken, dass diese nur 1,60 m messende, wenn auch nicht gerade schwache Frau einen 2,10 m großen Runakaner durchschüttelte, musste selbst Rijaak lachen. „Na bitte, geht doch", konstatierte Topaz und sah dann fragend zu dem Handori.

Rijaak stellte ihr nun seinen Begleiter als Polizeichef Mejon vor und erklärte: „Ohne seine Hilfe hätten wir Sie nie gefunden."

Topaz bedankte sich bei Mejon und fragte: „Haben Sie Loran und Tulsa verhaftet?"

„Leider nicht. Die beiden sind durch einen Geheimgang entwischt. Wir suchen zwar fieberhaft nach ihnen, aber bisher ohne Erfolg. Fühlen Sie sich gut genug, um mir ein paar Fragen zu beantworten und zu erzählen, was vorgefallen ist?"

„Ja natürlich", antwortete Topaz und schilderte die Ereignisse der letzten Stunden.

Als sie geendet hatte, herrschte allgemeines Schweigen. Zwar hatten sie so etwas schon befürchtet, aber die tatsächlichen Geschehnisse übertrafen ihre schlimmsten Vorstellungen.

Ron nahm Topaz in den Arm und drückte sie zärtlich an sich. Er hatte ihr einst versprochen, dafür Sorge zu tragen, dass ihr niemand mehr etwas antun konnte. Daran musste er jetzt denken und sie wusste nur zu genau, was in ihm vorging. Deshalb wisperte sie: „Niemand hätte das verhindern können." Erst arbeitete es in seinem Gesicht, aber dann nickte er.

Mejon fing sich als erster wieder und als Sanderson Topaz los ließ, fragte er sie: „Haben Sie irgendetwas mitgekriegt, das uns helfen könnte, die beiden zu fassen?"

„Nein, tut mir leid, nichts. Die haben zwar die Türen immer offen gelassen und ich habe einiges gehört. Allerdings hatten die beiden ja auch gar keine Veranlassung, über andere Schlupfwinkel zu sprechen. Die glaubten sich in diesem Haus völlig sicher." Topaz schwieg einen Augenblick und dachte nach. „Aber an etwas anderes kann ich mich erinnern. Offenbar gehörten die ebenfalls zu Sagins Anhängerschaft, auch wenn das in meinen Augen keinen Sinn ergibt. Ich habe gehört, wie sie sich darüber unterhielten. Tulsa dachte laut darüber nach, ob und wie man Sagin aus dem Gefängnis befreien könnte, aber Loran wiegelte ab. Er meinte, Sagin wäre jetzt völlig nutzlos und sie müssten sich einen anderen Weg suchen, Macht zu erlangen."

„Oh, das macht sehr viel Sinn. Überlegen Sie doch mal. Als Sie damals von Handor verschwanden, machten Sie Loran einen dicken Strich durch die Rechnung. Deswegen musste er andere Wege finden, um sich Macht und Einfluss zu sichern. Als Adjutant des Premierministers hatte er zwar eine hohe Position inne, aber wirkliche Macht sieht anders aus. Da kam ihm Sagin mit ihren Plänen wahrscheinlich gerade recht. Vielleicht hat Tulsa den Kontakt hergestellt, schließlich ist er sozusagen ein Kollege dieser Frau", erklärte Mejon.

„Ja, aber mehr als die zweite Geige hätte Loran doch dann auch nicht gespielt, wenn überhaupt." Schon als sie diesen Satz aussprach, negierte Topaz ihn gedanklich und kam zu dem Schluss: „Natürlich, die hätten vermutlich auch nicht davor zurückgeschreckt, Sagin zu beseitigen."

Mejon nickte zustimmend. „Ja, so was in der Art werden die beiden vermutlich vorgehabt haben. Vielleicht waren die deshalb auch besonders grausam zu Ihnen. Sie haben zum zweiten Mal ihre Pläne zunichte gemacht."

Topaz sah Mejon nachdenklich an und erklärte: "Loran sprach davon, dass ich alle seine Pläne zunichte gemacht hätte. Ich habe das damals nicht beachtet, weil er auch nur wissen wollte, warum ich vor zehn Jahren abgehauen bin. Von Sagin haben die beiden erst viel später gesprochen, sodass ich keine Verbindung zwischen diesen beiden Äußerungen hergestellt habe."

„So, jetzt reicht es aber! Meine Patientin muss sich ausruhen. Wenn ich die Herren also bitten dürfte zu gehen!" Ko'Shasi war hinter Mejon und Rijaak aufgetaucht und hatte dieses Machtwort gesprochen. Die fünf Männer sahen Topaz schuldbewusst an.

Ron gab ihr einen Kuss und sagte: „Schlaf ein bisschen. Ich komme nachher noch mal vorbei." Er war schon fast an der Tür, als er sich noch einmal umdrehte und ihr zurief: „Schöne Grüße auch von Jarno, Arvin und Lodi. Die warten in der Messe, weil der Doktor keine Masseninvasion auf seiner Krankenstation geduldet hat." Damit verschwand er und die Tür schloss sich hinter ihm.

Ko'Shasi sah ihm nach und wandte sich dann an Topaz. „Und Sie werden sich jetzt einen Schönheitsschlaf gönnen."

„Ja, danke Doktor", sagte die Handori bereitwillig.

Nach ein paar Stunden Schlaf und einer erneuten Untersuchung entließ Dr. Ko'Shasi sie mit der Auflage, sich einige Tage zu schonen. „Ich habe dem Captain Bescheid gegeben. Er wird Sie gleich abholen." Wie aufs Stichwort öffnete sich die Tür und Sanderson betrat die Krankenstation. „Da sind Sie ja. Sie dürfen Topaz mitnehmen. Aber bitte keine unnötigen Exkursionen, keine Buddeleien im Park oder Ähnliches."

Erst wollte Topaz protestieren. Aber als sie merkte, wie wackelig sie noch auf den Beinen stand, beschloss sie, den Rat des Arztes zu befolgen. Als sie in ihrem Quartier ankamen, setzte sie sich erschöpft aufs Sofa. Ko'Shasi hatte zwar die Schnittwunden und Prellungen weitestgehend beseitigt, aber ihr Körper litt immer noch unter den Folgen der Misshandlungen. Endlich forderte auch die Seele ihr Recht und Topaz fing an zu weinen. Ron hatte schon mit so etwas gerechnet. Er sagte deshalb nur: „Lass alles raus" und sie vergrub ihr Gesicht an seiner Schulter. Es dauerte eine ganze Weile, bis sie sich wieder beruhigte. Als ihr Tränenstrom langsam versiegte, fühlte sie sich zwar ermattet und leer, aber auch sehr erleichtert. Topaz ging ins Bad, um sich frisch zu machen, und ließ sich dann im Schlafzimmer aufs Bett fallen.

„Leistest du mir Gesellschaft?", fragte sie Ron, der sich gerade ein anderes Hemd anzog. „Ich verspreche auch, ich weine dich nicht wieder nass."

„Mach nur, ich hab noch mehr trockene Shirts im Schrank", antwortete er mit einem liebevollen Grinsen.

Er legte sich neben sie und nahm sie in den Arm. Nachdem sie es sich an seiner Schulter bequem gemacht hatte, fragte Topaz: „Dieser Mejon – er ist ziemlich in Ordnung oder?"

„Mehr als das. Es stimmt schon, was Rijaak gesagt hat. Ohne den Polizeichef hätten wir dich nie gefunden", erwiderte Ron und dann erzählte er ihr, was nach ihrer Verschleppung passiert war.

Topaz hörte ihm zu, ohne ihn zu unterbrechen. Erst als Ron fertig war, merkte sie an: „Die Reaktion von Baruka überrascht mich nicht. Er gehört schließlich zum erzkonservativen Lager. Aber Mejon? Es wundert mich doch sehr, dass der Premierminister und die Regierung einen Polizeichef im Amt lassen, der so freizügige Ansichten vertritt."

„Hat er ja offiziell gar nicht", bemerkte Ron und dann verriet er ihr unter dem Siegel der Verschwiegenheit das Geheimnis, das Mejon ihnen anvertraut hatte.

Topaz lächelte still in sich hinein und sagte zufrieden: „Sehr schön. Dann tut sich ja doch endlich was auf Handor und Jarno hat in Mejon bestimmt einen Mitstreiter. Alles andere würde mich doch sehr wundern."

„Ja, mich auch", bestätigte Ron.

Sanderson beschloss, dass sie einige Wochen auf Handor bleiben würden. Die Mannschaft hatte sich Landurlaub wirklich mehr als verdient nach der langen Zeit, die sie hinter Sagin hergejagt waren. Tulsa und Loran blieben verschwunden. Es ließ sich auch nicht feststellen, ob sie Handor verlassen hatten oder sich einfach nur irgendwo versteckten. Da die beiden aber als unberechenbar einzustufen waren, gab Sanderson die Parole aus, immer nur in Gruppen Landurlaub zu machen. Auch er selber und Topaz gingen nie alleine von Bord.

Topaz hatte sich nach einigen Tagen wieder ganz erholt. Nach den positiven Erfahrungen, die sie mit Arvin, Lodi und Polizeichef Mejon gemacht hatte, freute sie sich jetzt sogar darauf, durch die Stadt zu gehen. Und tatsächlich musste sie feststellen, dass viele, zugegebenermaßen vor allen Dingen junge Handori keinerlei Vorurteile mehr gegen sie hegten. Ron sah, dass Topaz förmlich aufblühte. Ihre Anfangserfolge hatten sie zudem dazu bewogen, einfach frei und offen auf jeden zuzugehen. Auch Rückschläge steckte sie jetzt weg und versuchte es einfach beim Nächsten. Ron hatte Topaz den Vorschlag gemacht, sich mit ihren Freunden von einst in Verbindung zu setzen und sie auf die Pioneer einzuladen. Alle, die noch hier lebten, folgten dieser Einladung, nachdem Topaz ihnen erklärt hatte, warum sie Handor damals bei Nacht und Nebel und ohne Abschiedsworte verlassen hatte.

In den letzten Tagen verfestigte sich in Ron ein Wunsch, über den er schon des Öfteren nachgedacht hatte. Also fasste er sich ein Herz und fragte Topaz, ob sie ihn heiraten wolle. Die Handori sah ihn zunächst überrascht an, stimmte dann aber freudestrahlend zu.

Die Vorbereitungen für die Hochzeit waren schnell erledigt. Nachdem Sanderson davon gesprochen hatte, dass er bei der anschließenden Feier gerne mit der Band auftreten würde, hatten Lodi und Mejon dem Premierminister den zum Regierungsgelände gehörenden Garten für die anschließende Feier abgeschwatzt, da es dort eine kleine überdachte Bühne gab.

Rijaak war etwas besorgt, aber Sanderson zerstreute diese Bedenken. „Wir sind jetzt seit zwei Wochen hier und es ist nichts mehr geschehen. Außerdem hat Mejon versprochen, dass er überall Wachen postiert."

„Na schön, aber mit Ihrer Erlaubnis werde ich mit dem Polizeichef sprechen und die Sicherheitsmaßnahmen durchgehen", bat der Sicherheitschef.

„Dagegen habe ich nichts einzuwenden und Mejon bestimmt auch nicht", entgegnete Sanderson.

Auf Handor war es niemals üblich gewesen, spezielle Brautkleider zu tragen. Die Handori trugen vielmehr zu jeder Art von Festivität eine Art Galarobe, auch zur eigenen Hochzeit. Die traditionellen Gewänder gefielen Topaz aber ganz und gar nicht, da es sich dabei um sackähnliche Kleider handelte, die noch dazu aus einem sehr festen, unbequemen Stoff geschneidert wurden. Die moderne Variante aus weichem Naturmaterial allerdings fand ihre volle Zustimmung. Sie bestand aus einem fast bodenlangen Rock und einem eng anliegenden Oberteil, über das ein Bolerojäckchen getragen wurde.

Die Zeremonie fand in Mejons Amtszimmer statt, da der Polizeichef die Trauung vornahm. Lee und Hazy fungierten als Trauzeugen. Nach der Zeremonie ging es in den Garten, in dem Lodi ein Buffet hatte aufbauen lassen. Es wurde ein rundum gelungenes Fest, an dem nicht nur Crewmitglieder der Pioneer teilnahmen, sondern auch viele Handori und Topaz' Freunde von einst. Sogar Baruka hatte sich von seiner Tochter überreden lassen, an der Hochzeit teilzunehmen. Ob es nun an der Musik lag oder an den Besatzungsmitgliedern und den jungen Handori, die sich davon begeistern ließen, schon bald tanzten jedenfalls auch die älteren Handori. Ja sogar der Premierminister setzte ein freundlicheres Gesicht auf.

Niemand bemerkte die zwei vermummten Gestalten, die sich in eine dunkle Ecke des Torbogens drückten.
„Das ist ja nicht zum aushalten, einfach ekelhaft. Aber hier richten wir nichts aus! Lass uns abhauen."

„Du hast recht, überall stehen Wachen, an denen wir nicht vorbeikommen. Aber irgendwann und irgendwo erwischen wir sie!"

Und dann verschwanden die beiden genauso unbemerkt, wie sie gekommen waren.

Drei Wochen später rüstete sich die Pioneer-Crew zum Aufbruch. Sie verabschiedeten sich von neu gewonnenen und alten Freunden und versprachen wiederzukommen.

Topaz stand beim Abflug neben Ron auf der Brücke.

„Tut es dir jetzt leid, von hier wegzugehen?", fragte er.

Sie sah ihn liebevoll lächelnd an. „Nein, ich habe meinen Platz gefunden und bin genau da, wo ich hingehöre."

Sanderson strahlte. Es fühlte sich so gut an, eine solche Frau an der Seite zu haben. Bester Laune gab er Anweisung: „Juan, bringen Sie uns hier weg. Kurs Amal. Wir haben da noch ein paar Schulden zu begleichen."

Über die Autorin:

Die Liebe zu Büchern wurde der Science-Fiction-Autorin Ute Raasch wohl schon in die Wiege gelegt, denn bereits in jungen Jahren las sie jedes Buch, das sie in die Finger bekam. Mit Vorliebe tauchte sie ab in die Geschichten über fremde Welten und außerirdische Lebensformen.
Vor ein paar Jahren begann sie, ihre eigenen Phantasien niederzuschreiben und es entstand ihr Debütroman „Topaz, die Handori".

Inzwischen ist daraus die „etwas andere" Trilogie geworden, da alle Teile eine in sich geschlossene Story erzählen:
Band 1 – Topaz, die Handori
Band 2 – Topaz und die Amalaner
Band 3 – Topaz und die sterbende Sonne

Weitere Science-Fiction-Romane der Autorin:
Die Rückkehr der Vako
Das Geheimnis von Antakana

Printed in Poland
by Amazon Fulfillment
Poland Sp. z o.o., Wrocław